In letzter Minute versucht der gut siebzigjährige Désiré Cordier, das Ruder herumzureißen. Immer hat er nur klein beigegeben, wenn seiner Frau Moniek etwas an ihm nicht passte, und jetzt, da der Verkauf ihres Hauses und ein Umzug in eine kleine Wohnung bevorsteht, bekommt er Panik. Wie soll er seiner dominanten Frau da noch ausweichen, ohne Garten und Keller? Und so entwirft er eine ungewöhnliche Strategie: Er gibt vor, an Demenz zu erkranken – was dem ehemaligen Bibliothekar nicht nur ein diebisches Vergnügen bereitet, sondern auch erstaunlich gut gelingt. Schon bald landet er in dem Pflegeheim »Winterlicht«, zusammen mit anderen Dementen und überforderten Pflegern, wo er neben haarsträubenden Missständen auch so manche Überraschung entdeckt – einen Strategen im Geiste, einen ehemaligen Nazi und eine alte Jugendliebe …

DIMITRI VERHULST, geboren 1972, gilt als einer der besten flämischen Schriftsteller und wird oft mit Louis Paul Boon und Hugo Claus verglichen. Sein Roman *Die Beschissenheit der Dinge* wurde u.a. mit der Goldenen Eule prämiert und war ein Bestseller. Die Verfilmung wurde in Cannes ausgezeichnet, die englische Ausgabe von der *Irish Times* zu einem der Best Books of 2012 gekürt. *Für Gottverdammte Tage auf einem gottverdammten Planeten* bekam er den Libris-Literaturpreis. Dimitri Verhulsts Werke sind in 25 Sprachen übersetzt.

DIMITRI VERHULST BEI BTB
Die Beschissenheit der Dinge. Roman (74252)
Die letzte Liebe meiner Mutter. Roman (74524)

DIMITRI VERHULST

DER BIBLIOTHEKAR, DER LIEBER DEMENT WAR ALS ZU HAUSE BEI SEINER FRAU

Roman

Aus dem Niederländischen
von Rainer Kersten

btb

Ich gehe über den Styx und packe ein: eine Tube Zahnpasta (kleiner Scherz am Rande) …

*

Obwohl die Tat selbst vollkommener Absicht entspringt, geht es mir sehr gegen den Strich, dass ich jede Nacht wieder ins Bett scheiße. Mich zu dieser entwürdigenden Aktion zu erniedrigen ist wahrlich die unangenehmste Konsequenz des ziemlich verrückten Wegs, den ich auf meine alten Tage gewählt habe. Doch ich würde das Pflegepersonal misstrauisch machen, wenn ich mein Nachtzeug unbeschmutzt ließe. Um nicht aus der Rolle des senilen Alten zu fallen, habe ich keine andere Wahl, als mir in regelmäßigen Abständen in die Windeln zu machen. Denn das ist es in der Tat: eine Rolle. So dement, wie ich die Außenwelt glauben zu machen versuche, bin ich überhaupt nicht!

An meinem Hintern hat die Harnsäure ihr ätzendes Werk schon begonnen, und ich muss sagen: Mir sind angenehmere Empfindungen bekannt. Die Salben, mit denen die Mollige, genannt Sonja, und ihre Kollegin Aischa mir jeden Tag die Kehrseite einschmieren, während sie die schnucklige Figur des Kukident-Haftcreme-Vertreters diskutieren, der dieses Haus mit seinen Produkten beliefert, helfen kein bisschen. Aber nochmals: Dieses inkontinente Verhalten lässt sich unter keinen Umständen aus meinem Drehbuch entfernen. Man stelle sich vor, was geschähe, wenn plötzlich entdeckt würde, dass ich die Demenz schon seit Monaten nur spiele! Dass ich seit vielen, vielen Wochen schon nur unverständliches Zeug vor mich hin brabble oder apathisch in meinem Rollstuhl hin und her schaukle, während ich noch, um nur ein Beispiel zu nennen, jede Frage des politischen Zeitgeschehens problemlos erläutern könnte. Die Krankenkasse würde sich betrogen, ja bestohlen fühlen und mich vor Gericht zerren; das Personal, vor allem das weibliche, des Geriatriezentrums Winterlicht käme sich missbraucht vor, in seiner Ehre verletzt und würde mir womöglich am liebsten den Schädel einschlagen. Das Mitleid, das meine Kinder bisher noch gerade so für mich aufbringen, würde in unendliche Scham für ihren Vater umschlagen, und meine Gattin, das Miststück – falls sie mich überlebt, und das wird sie bestimmt –, wird mein Grab mit Unmengen von Vogelfutter bestreuen, so dass auch auf mein Andenken noch gebührend geschissen werde.

Darum also: Nein, es gibt keine Alternative. Alle Brücken hinter mir sind verbrannt, es bleibt kein Weg zurück. Einmal in der Altenklapsmühle, immer in der Altenklapsmühle. Meine Entscheidung habe ich mit klarem Bewusstsein getroffen. Das soll aber nicht heißen, dass von all den Aspekten, die zur glaubwürdigen Darstellung eines verwirrten Greises gehören, die Rückkehr zum kindlichen Zustand mangelnder Stubenreinheit mir nicht dennoch am schwersten fiele. Oft geschieht es mit Tränen in den Augen, dass ich mir nachts die Därme auspresse. Mangel an Willenskraft kann mir in den vergangenen Monaten niemand mehr vorwerfen, aber wenn ich so in meinem eigenen klebrigen Dreck liege, sind mir schon mehrfach Zweifel an meinem Unterfangen gekommen. Jene seltenen Momente, in denen ich mich frage: »Ist es das wirklich wert? Bin ich nicht vielleicht doch zu weit gegangen?«

Inzwischen habe ich die definitive Antwort auf diese Fragen gefunden. Zum Glück.

Die Pillen, die uns die Weißjacken hier jeden Tag eintrichtern, tragen sicher ihr Teil dazu bei, doch in der vergangenen Nacht bin ich nicht ein einziges Mal wach geworden. Geratzt wie ein Toter. Mit anderen Worten: Ich konnte mich nicht dazu bringen, der pflegenden Zunft mit meiner allnächtlichen Portion Faeces zu dienen.

Jedoch.

Heute Morgen platzte die mollige Sonja bei mir herein, hektisch wie immer – unglaublich, wie rundlich sie bleibt, wenn man bedenkt, wie gejagt sie in einem fort hin und her wieselt –, zog meine Vorhänge beiseite und krähte: »Aufstehen, Désiré! Ein neuer Tag, ein neues Glück!«

Da spürte ich es. Zu meinem Erstaunen. Ich hatte ins Bett gekackt! Völlig spontan! Halleluja. Mein Körper hatte die Aufgabe übernommen, zu der sich mein Wille diesmal nicht hatte herbeilassen können.

»Désiré, hörst du? Aufstehen, mein Junge!«

Ich stieß hervor: »Mutter, Mutter, die Kühe müssen noch kalben!«, was der molligen Sonja ein herzliches Lachen entlockte. Ihr Lachen ist herrlich, wie das vieler Dicker. Sie rief: »Die Kühe haben schon gekalbt, Désiré. Wollen wir mal nachsehen? Gleich nach dem Frühstück, im Stall?

Und dann im Garten die Vögel füttern – hörst du's da draußen? Sie tirilieren schon, weil sie sich auf dich freuen! Aber erst müssen wir uns schön waschen, damit die Damen im Speisesaal wieder sagen können, was für ein hübscher Kerl du nach all den Jahren noch bist.« Und – hepp! – warf sie meine Beine in die Höhe und tauchte den Waschlappen in eine Schüssel mit lauwarmem Wasser.

»Impropria est salutare aliquis qui cacat«, kreischte ich. Unpassend womöglich für einen Demenzkranken, aber ich johlte es dennoch, glücklich wie das Kind, dem ich mich jeden Tag hier etwas mehr annähern muss.

Impropria est salutare aliquis qui cacat: Unhöflich ist es, jemanden zu grüßen, der gerade im Begriff steht zu scheißen. Erasmus von Rotterdam.

Worauf die mollige Sonja: »Na, Désiré, jetzt bin ich aber platt! Du und die Bibel?«

Ein neuer Tag, in der Tat, doch er brachte kein Glück.

Nackt, blitzblank geschrubbt und nach Desinfektionsseife duftend, lag ich auf dem Bett, die mollige Sonja inspizierte gespielt feierlich meinen Schrank, und sie rief – auch das eine unangenehme Begleiterscheinung meiner verfrühten Selbsteinweisung ins Altersheim: Immer dieses grässliche Schreien! Das Personal, offenbar davon ausgehend, dass jedes ihrer ergrauten Schäfchen stocktaub ist, hat nach fünf Jahren Beruf Schwielen auf den Stimmbändern. Manche Pfleger sind es derart gewöhnt, ständig zu brüllen und zu blöken, dass sie kein Gespräch in normalem Stimmvolumen mehr zustande bringen. Auch ihre Partner und Kinder werden in einem fort angeblafft; liebevoll meistens, aber trotzdem.

Die mollige Sonja rief also, in gesundheitsgefährdender Lautstärke: »Heut ziehen wir uns unseren schönsten Anzug an, was, Désiré? Und weißt du, warum?«

»Was denn?«

»Warum wir heut unseren schönsten Anzug anziehen?«

»Ah ja!«

»Weißt du, warum?«

»Ja.«

»Warum, Désiré?«

»Ja.«

»Weil wir heute Geburtstag haben! Und wie alt werden wir? Weißt du das?«

Ihre ewige erste Person Plural ging mir auf die Nerven. Eine bizarre Gewohnheit. Hatte man ihr das in der Ausbildung beigebracht? Wenn ja, war ich neugierig auf die Philosophie hinter diesem Lehrsatz.

»Vierundsiebzig, Désiré! Wenn das kein schönes Alter ist!«

Mit meinen vierundsiebzig gehöre ich definitiv zum jungen Gemüse in der Pflegeeinrichtung. Jeder unter achtzig gilt hier mehr oder weniger als Pechvogel. Jemand, der von Mutter Natur zwar vielleicht eine ordentliche Portion Grips mitbekommen hat, geeignet, die kompliziertesten Dinge zu ergründen und allerhand Wissenswertes zu behalten, nur leider mit enttäuschend begrenztem Haltbarkeitsdatum.

Zum Beispiel Etienne. Etienne Thijs von Zimmer 18. Ebenfalls noch keine fünfundsiebzig. Im früheren Leben ein genialer Kopf, Professor der Biologie, bahnbrechend auf dem Gebiet der Resistenzforschung bei Antibiotika, doch jetzt so plemplem wie der Hintern Ludwigs von Bayern. All seine Kleidung zieht er grundsätzlich verkehrt herum an, und er hat ein Album, in das er die schönsten Abbildungen aus *Miau!* klebt, der Monatszeitschrift für den Katzenliebhaber. Traurig. Seine Frau, die tausendmal dümmer, aber geistig normal ist (wo hab ich das schon mal gehört?), hat bereits einen anderen, einen ehemaligen Metzger. Besucht sie ihren Mann, lässt sie sich vom Geliebten begleiten. Professor Thijs kriegt ja doch nichts mehr mit, und darüber können alle Seiten nur froh sein.

Die verrückteste Figur des Geriatriezentrums Winterlicht allerdings ist Professor Thijs nicht. Diese Ehre gebührt Walter de Bodt, mehr als ein Säkulum alt, kahl, knochig, die Haut eine Landkarte von Leberflecken, oft im khakifarbenen Armeepyjama in seinem Rollstuhl sitzend. (Gern würde ich ihm den Spitznamen »Lagerkommandant Alzheimer« verpassen, doch da ich außer mir so gut wie keinen Gesprächspartner mehr habe, ist so ein Deckname irgendwie witzlos.) Respekt hat de Bodt nur vor unserem Direktor, einem »Pflegemanager«, wie das im Neusprech der Branche so wundervoll heißt, den er stets mit gestrecktem rechtem Arm und, wenn sein Gebiss ordentlich sitzt, einem markigen »Heil!« begrüßt.

Nur selten ist es ein Geschenk, die Jugend ein zweites Mal erleben zu müssen.

Und wer als verwirrter Siebziger nicht zu den Pechvögeln gezählt wird, dem wirft man vor, seinen prekären Zustand verdient zu haben. Man wird verdächtigt, im Leben zu wenig Fischöl zu sich genommen zu haben und zu wenig Nüsse. Soaps zog man Büchern mit komplizierten Plots vor, trank mehr Alkohol, als den Hirnzellen zuträglich sein konnte, war sich für Kreuzworträtsel zu schade und las nie eine fremdsprachige Zeitung. Man hat sein Hirn selbst faul und müde gemacht, der Mühe, sich immer wieder technischen Neuerungen zu stellen, wollte man sich nicht unterziehen. Dass man dement wurde, hat man sich mit anderen Worten selbst zuzuschreiben! So schauen manche einen an.

So schaut meine Frau mich an. Wenn sie mich besucht – was, Gott sei Dank, immer seltener vorkommt.

Es ist mein erster Geburtstag hier in der Anstalt, und er gefällt mir. Hipp, hipp, hurra! Zugegeben, um Kosten und Aufwand zu sparen, muss ich meine Feier mit den anderen teilen, die in den vergangenen zwei Wochen Wiegenfest hatten. Meist gibt es zwei bis drei dieser Glückspilze, und wenn sich ein Hundertjähriger darunter befindet und es somit wahrscheinlich ist, dass die Lokalpresse über das Jubiläum berichtet und einen Fotografen schickt, schlägt auch der Bürgermeister hier auf. Er hält eine kurze Rede (immer dieselbe, doch bei einem Publikum von Demenzkranken ist das kein Problem), schenkt dem Jubilar im Namen des gesamten Gemeinderats eine Topfpflanze, wünscht ihm noch viele, viele glückliche Jahre, verputzt eilig ein Törtchen, drückt allen potentiellen Wählern die Hand und verschwindet. Achtundneunzigjährige zum Beispiel interessieren den Chef der Gemeinde (einen Christdemokraten, aber das spielt, glaube ich, in diesem Zusammenhang keine

Rolle) schon ein gutes Stück weniger. Und die Feier eines Vierundsiebzigsten ist ihm natürlich erst recht schnuppe. Eine bessere Gelegenheit bietet sich ihm, wenn neugeborene Urenkel die lokale Fotomeute in unsere Einrichtung locken. Welch rührendes Bild: ein bebender Sack Knochen alias Urgroßvater mit seinem frisch geworfenen Spross in dritter Generation auf dem Schoß.

Heute befinden sich, der Herr sei gepriesen, keine Hundertjährigen unter den zu feiernden Senioren. Anders gesagt, der Bürgermeister kann sich nützlicheren Dingen zuwenden. Mir ist es nur recht. So wie er mich manchmal anstarrt, habe ich den Eindruck, dass er als Einziger mein Spiel durchschaut, als Einziger weiß, dass ich noch alle Tassen im Schrank habe und allen anderen was vormache. Ein Gefühl ist es, mehr nicht. Rein intuitiv.

Die mollige Sonja: »So, Désiré, jetzt strahlst du wieder wie neu! Auf in den Speisesaal!«

94 Dezibel.

Mit einem bevormundenden »Und wenn wir die Geburtstagskinder heute einmal alle nebeneinandersetzen?« werde ich im Rollstuhl genau an die Stelle verfrachtet, wo bis vor kurzem Rosa Rozendaal saß. Die wenigen Haare, die sie noch hatte, standen in alle Richtungen. Wie ein Boxer den Mundschutz schob sie sich ihre Scheibe Brot in den Mund und redete mit sich selbst.

Am ehemaligen Platz Rosas also ich und neben mir Lagerkommandant Alzheimer. Der Kommandant hat den Angriff auf sein labbriges Butterbrot schon gestartet, nicht ohne es zuvor in seinen Becher lauwarmen Kaffee getunkt zu haben.

Ich schaue ihm in die glasigen Augen und sage: »Wie schmeckt dir die Butter? Gut, was? Frisches Judenfett! Eine Delikatesse!«

Wie immer flackert ob dieser Worte kurz die alte Herrlichkeit des Lagerchefs in ihm wieder auf. Sein leerer Schädel scheint sich zu erinnern, dass irgendwann einmal Gedanken sich darin befanden. Er bellt: »Wir werden Arbeitsplätze schaffen, die Autobahnen verbreitern, die Eisenbahnlinien verbessern!«, und stößt sein Messer tief in die Butter, um demonstrativ eine neue Scheibe Brot mit einer dicken Schicht zu bestreichen. Nur zittert er derart, dass die Butter bald überall hängt, nur nicht auf dem Messer.

Ich flüstere: »Du erkennst mich nicht, was?«

Jetzt schaut er verunsichert. Es ist der verunsicherte Blick der Demenzkranken, die verzweifelt ihr Gedächtnis umpflügen auf der Suche nach etwas, das womöglich gar nicht mehr da ist. Der Blick, den ich stundenlang geübt habe und inzwischen perfekt beherrsche.

»Du kennst mich nicht mehr? Schau mich mal genau an! Im letzten Kriegswinter – es war schrecklich kalt, weißt du noch? – hast du mich erschossen und auf einen Haufen geworfen! Nein? Mein Gesicht sagt dir immer noch nichts? Nun ja, kann ich verstehen, du hast ja auch so viele umgelegt. Ein Mensch kann sich nicht alles merken, schon gar nicht alle Gesichter. Jedenfalls war ich einer von ihnen. Und ich bin zurückgekehrt. Auferstanden aus dem Ofen der Toten. Um dir die letzten Tage zu vergällen. Um dir einen Gartenschlauch in den ausgeleierten Hintern zu schieben und den Wasserhahn aufzudrehen, bis es dir zur Nase rausläuft.«

Der Pflegesektor ist nicht nur unterbezahlt, sondern auch unterbesetzt. Also dauert es eine Weile, bis jemand, mit einem tröstenden Schulterklopfen und einer Beruhigungspille, den Kommandanten von seinem bestialischen Quieken erlöst.

»Aber Walter, bloß weil dir die Butter auf den Boden geklatscht ist, brauchst du hier doch nicht alles zusammenzuschreien! Das macht doch nichts! Nur frag nächstes Mal besser uns, wenn du noch etwas Butter aufs Brot möchtest. Dafür sind wir schließlich da! Abgemacht, alter Junge?«

Von all meinen Geburtstagen hat keiner so vielversprechend begonnen wie dieser, mein allerletzter.

Ich gehe über den Styx und packe ein: eine Tube Zahnpasta (kleiner Scherz am Rande), ein verirrtes Zitat von Joseph Roth …

*

Alle besseren Ideen auf der Welt kommen langsam zur Reife, wie guter Käse. Auch mein Plan, die Demenz vorzutäuschen, entstand Schritt für Schritt, manchmal ohne dass ich selber es merkte. Wann und wo alles anfing, vermag ich darum nicht sicher zu sagen. Müsste ich jedoch einen Punkt nennen, so würde ich antworten: an jenem Nachmittag – wann genau? – vor zwei, zweieinhalb Jahren, im Bouleclub. Ja, ab und zu spielte ich gern eine Partie Boule unter Freunden. Sehr entspannend fand ich das. Meine Frau nicht. Ihr zufolge war Boule eine Beschäftigung für Faulenzer; ein Spiel, vom Fiskus erdacht, um den Alkohol- und Tabakkonsum auf einem hohen Pegel zu halten, und mehrmals hatte ich denn auch schon zu hören bekommen: »Zum Vertikutieren fühlt der Herr sich zu schwach, aber um wie ein Verrückter Kugeln in einen Sandkasten zu schmeißen, hat er auf einmal Energie und Ausdauer genug. Ich kann dich hundertmal bitten, auf bloßen Knien: Désiré, geh mit mir zu Verschoten, ich brauch einen neuen Schrank für die Küchenhandtücher! Aber nein, dann hast du's auf einmal am Blutdruck oder am Rücken, und nichts geht mehr. Von dir aus könnt der Schrank für die Küchenhandtücher bis in alle Ewigkeit warten! Aber wenn es ums Boulespielen geht, sind die Wehwehchen auf einmal verflogen. Dann hast du's nicht mehr am Blutdruck, nicht mehr am Rücken, noch an irgendwas anderem …«

Ich reagiere schon lange nicht mehr auf die endlosen Tiraden meiner Frau; einer von vielen, möglicherweise Millionen schweigender Männer, die sich gegen die Launen ihrer Gattin mit einem Panzer von Gleichgültigkeit wappnen. Jahre geduldiger Übung hat mich das gekostet. Früher verwahrte ich mich noch gegen jeden ungerechtfertigten Vorwurf. Ich hätte meine Ehre verteidigt und darauf hingewiesen, dass ich nie mehr als drei Gläser trinke und während unseres gesamten Ehelebens höchstens vier- oder fünfmal betrunken nach Hause gekommen bin, was, wie mir jetzt klar wird, meiner geistigen Gesundheit vielleicht eher abträglich war. Außerdem wagte ich anfangs ab und zu noch, ihre lächerliche Darstellung der Dinge zu korrigieren. Damals hätte ich gesagt: »Also, zunächst mal spielt man Boule nicht in 'nem Sandkasten – ein bisschen vornehmer geht's bei uns schon zu!« Doch mit dem Schwinden der Jahre und Haare brachte ich mir bei, mich immer weniger an ihrem verbalen Sperrfeuer zu stören und meine Widerworte hinunterzuschlucken. Als das Haus schließlich abbezahlt war, umgab es mich wie ein Gefängnis. Um meine Selbstachtung zu wahren, wählte ich daher den Weg stummer Renitenz: Gegen ihre Giftigkeit bot ich meine Gleichgültigkeit auf. Störrisch gruben wir uns in unsere Stellungen ein und wurden zusammen unromantisch alt, überlebten sogar befreundete Paare, die wirklich liebevoll miteinander umgegangen waren. Als anlässlich unserer goldenen Hochzeit der Bürgermeister im Rathaus der Stadt eine Ehrenrede auf uns hielt, fühlte ich mich schuldig angesichts der wundervollen Paare, die durch Krebs oder einen Idioten im Geschwindigkeitsrausch viel zu früh auseinandergerissen worden waren. In einem Akt des Selbstbetrugs akzeptierte ich die Ehrung als eine, die ausschließlich *mir* gebührte, für meinen Mut und meine jahrelange Selbstaufopferung.

Weil das Volk hierzulande Sprichworte als Dogma betrachtet und demzufolge überzeugt ist, dass, wo Rauch ist, auch Feuer sein muss, gibt es zweifellos Leute, die meiner Frau glauben, wenn sie wieder einmal verkündet, ich sei ein unverbesserlicher Säufer. Wahr daran ist nur, dass ich tatsächlich jeden Tag meine zwei Gläser Rotwein trinke. Trinke? Was sage ich? Trank! Zwei! Zwei ganze Gläser! Ab und zu als absolute Ausnahme auch einmal drei. Abends nach dem Essen. Irgendwann Mitte dreißig habe ich mir das angewöhnt und bin dabei geblieben. Fast hätte ich hinzugefügt »bis heute«, aber uns Tattergreisen gönnt man im Heim nach dem Abendessen keine großen Genüsse; vielmehr pumpt man uns mit allerlei dumpf machenden Präparaten voll, damit wir auf dem Zimmer brav vor dem Fernseher einduseln und das Personal nicht – da sei Gott vor! – irgendeine Abendaktivität organisieren muss.

Ganz aufzugeben brauchte ich die kleinen Freuden eines Pantoffelhelden allerdings nicht. In der Cafeteria darf ich mir tagsüber ab und zu ein Glas Roten bestellen. Wenn ich mit verschwommenem, depressivem Blick dasitze und die mollige Sonja mich berufshalber aufmuntern kommt, mir über die Schultern reibt und fragt: »Na, Désiré, sitzt du so ganz allein hier und bist am Verdursten? Bald trocknest du uns noch aus! Soll ich dir was zu trinken holen?«, dann wage ich, um ein Glas Rotwein zu bitten. Das ist erlaubt. Billiger Fusel natürlich, mehr Saft als Wein, von dem man einen ganzen Kanister gluckern müsste, wollte man die Wirkung irgendeines Medikaments lahmlegen. Verwässertes Zeug, an dem ich ausdruckslos nippe.

»Hier, dein Glas Wein, Désiré. Lass es dir schmecken! Aber pass auf, dass du nicht gleich beschwipst wirst und zu singen anfängst! Sonst meinen die anderen noch, es wär wieder Tanznachmittag.«

... Dutzi, dutzi, gaga, dada.

Die göttliche Vorsehung wollte es übrigens, dass ich gerade mit solch einem – leider schlecht gespülten – Glas Château de Migraine in der Cafeteria saß, als meine Frau mich zum ersten Mal in der Einrichtung besuchte. Gleich am ersten Tag nach der Aufnahme. Ich sehe sie noch vor mir: Fruchtkorb im Arm, Zahnpastalächeln, eine Schachtel Pralinen. Natürlich täuschte ich vor, sie nicht zu erkennen.

»Jetzt schau, wer da für dich gekommen ist, Désiré: Deine Frau!«

»Wer?«

»Deine Frau!«

»Ah ...«

Als der unzurechnungsfähige Zustand ihres Gatten ihr endlich voll zu Bewusstsein kam, heulte sie theatralisch auf, hoffend, die Pflegerinnen würden ihr mitfühlend und von feministischem Eifer durchdrungen das Ohr leihen, während sie ihr Schicksal als unglückliche Hausfrau beklagte.

»Désiré! Das ist doch nicht möglich: Bist du schon wieder am Trinken! Und dann wunderst du dich, dass du senil wirst!«

Was mich zu der Replik inspirierte: »Setz dich zu mir, Camilla, und trink einen mit! Auf meine Kosten, ich hab beim Wirt hier Kredit!«

Unnötig zu sagen, dass die Art unseres Wiedersehens und meine Bemerkung sie zutiefst kränkten, nicht zuletzt deshalb, weil sie gar nicht Camilla heißt, sondern Moniek. Moniek van Diest. Schöner Name. Macht sich gut auf dem Grabstein.

(Übrigens heißt sie laut Eintrag im Ausweis nicht »Moniek«, sondern »Monique«. Aber so geschrieben erschien ihr das irgendwie altmodisch, französisch eben, und nicht zu ihr passend. Leute, die's nötig finden, ihren Namen zu ändern … Muss ich noch mehr sagen?)

Doch ich greife den Ereignissen vor – ich war noch dabei zu erzählen, wann und wo mir zuerst die Idee kam, diese Glanzrolle anzustreben, und dass das wahrscheinlich beim Boulespielen geschah. Genauer: durch das, was mein fester Spielpartner Roland uns erzählte …

Von all meinen Freunden war Roland schon immer der Fortschrittlichste gewesen: der Erste in meiner Umgebung, der sich von apokalyptischen Warnungen vor kindskopfgroßen Tumoren nicht abschrecken ließ und seine Mahlzeiten in einem Mikrowellenherd erwärmte. Der Erste, der wusste, dass eine CD keine zwei bespielbaren Seiten hat, der Erste, der sich ein Mobiltelefon zulegte, dessen Segnungen pries und SMS verschickte, noch dazu an genau die beabsichtigten Adressaten. Der erste Computer, den ich je in echt sah, stand bei ihm zu Hause im Wohnzimmer. Als wir anderen noch über mögliche Folgen des Internets auf unser Privatleben diskutierten, hatte er längst einen Kurs belegt und uns eine Website für den Bouleclub gebastelt. Seine Bankgeschäfte erledigte Roland »online«, Reisen buchte er vom heimischen Sessel aus, er machte digitale Fotos von unseren Turnieren und stellte sie auf seine Facebookseite (ohne uns um Erlaubnis zu fragen übrigens). Boulebedarf kaufte er fortan nur noch bei Onlinehändlern. Solch ein Mann also, über alles informiert, sagte eines Tages, während er die Kugel eines anderen vom Spielfeld in den intergalaktischen Raum schießen ließ, zu uns: »Hab ich euch schon erzählt …?«

Viele von Rolands beeindruckenden Geschichten begannen mit: »Hab ich euch schon erzählt …?«

Denn ja – unglaublich! –, aber das mussten wir hören: Ein Australier hatte sein Leben im Internet zum Kauf angeboten! Sein ganzes Leben! Mit allem Drum und Dran. Nur seine Frau sei im Kaufpreis nicht inbegriffen. Die habe ihn nämlich verlassen und sei auch der Grund, warum er seine Existenz an den Meistbietenden verscherbeln wollte. Seinen Scheißjob in einem Teppichladen in Perth bekam man gratis dazu, ebenso seine Freundinnen Melanie und M, auch sein Hobby (Fallschirmspringen), außerdem seine mit drei Schlafzimmern ausgestattete Villa, sein Jetboot, sein Grillset und ein Paar Turnschuhe (Größe 42) der Marke Converse. Von allem und jedem enttäuscht, wollte der Kerl reinen Tisch machen, sein ganzes Dasein verramschen. Und vielleicht noch verrückter: Schon über hundert Bieter hatten sich für das Leben dieses armen Irren gemeldet, im Moment stand das Gebot bei fast zwei Millionen australischer Dollar!

Die Idee, mal so hopplahopp seine gesamte Existenz zu verscheuern, amüsierte uns maßlos, und wir stellten uns vor, wie es wohl sein musste, eine komplett Unbekannte zu treffen, die man soeben als Ex-Geliebte gekauft hatte. Oder zu jemandem zu sagen: »Angenehm, ich hab Sie gerade als Vater ersteigert, wie geht's Mama? Ups – tot? Das wusste ich nicht, stand auch nicht in der Anzeige. Schon lange?«

An dem Nachmittag spielte ich nicht mein bestes Match. Meine Gedanken kreisten immer wieder um diese wahnsinnige Geschichte: Sollte es dem schrägen Aussie wirklich gelingen, auf diese Weise allem einfach so zu entkommen? Ich höre Roland immer noch rufen: »Hey, Désiré, aufwachen! Du bist dran! Steht da so abwesend rum wie 'n Demenzkranker!«

Und alle lachten sich krumm. Erst recht, als ich meine Kugel danach unbegreiflicherweise auch noch in die falsche Richtung pfefferte.

Ich gehe über den Styx und packe ein: eine Tube Zahnpasta (kleiner Scherz am Rande), ein verirrtes Zitat von Joseph Roth, die denkwürdige Erinnerung an einen innigen Kuss, den ich nie bekam …

*

Leute in meinem Alter brauchen kein Facebook oder sonst irgendwelchen Sozialfirlefanz am Computer, um der Einsamkeit ein Schnippchen zu schlagen. Wir sehen uns mit schrecklicher Regelmäßigkeit im *real life*, auf Beerdigungen, und unterhalten unsere Kontakte zur immer mehr sich lichtenden Außenwelt auf diese Weise noch ganz gut persönlich. So geschah es am Ende meiner normalen Bürgerexistenz denn auch häufig, dass ich mit leicht misszuverstehendem Gleichmut meinen schwarzen Mantel anzog, um wieder einem oder einer alten Bekannten das letzte Geleit zu geben. Im Laufe der Zeit ertappte ich mich dabei, dass ich zum Krematorium fuhr wie früher zu meiner Arbeit in der Bibliothek: wie ferngesteuert.

Glauben Sie mir, dass es mir manchmal fehlt, nie mehr in solch einer kalten Kirche zu stehen und einem verstorbenen Kumpel die letzte Ehre zu erweisen? Das ganze Theater oder, besser gesagt, Schauspiel, zweifellos das einzige, in dem die Nebenrollen begehrter sind als die des Protagonisten. Das verfrühte Eintreffen, während die Glocken die Nachricht vom Tod des Entschlafenen bimmeln, die Versammlung tattriger Trauergäste vor dem Portal, manche bass erstaunt, dass erneut nicht sie die Hauptperson der Veranstaltung sind. Die lakonischen Seufzer – »Da stehen wir nun wieder!« – und unvermeidlichen Fragen: »Wie alt war er? … Neunundsiebzig? … Ach, viel zu früh, um zu gehen, heutzutage zumindest, aber, na ja: Wat willtse machen?«

Tja, was konnten wir machen?

Heutzutage findet jeder sich noch zu jung für die Grube oder den Schornstein. Kap Achtzig zu umrunden ist in Breiten, wo die Bevölkerungsmehrheit Zugang zu moderner Medizin hat, eigentlich der Normalfall. Wenn selbst Katzen problemlos die zwanzig erreichen, weil das moderne Dosenfutter so gut ist, dass man als Katze schon wirklich sehr altmodisch sein muss, um noch nach einer fetten Bio-Maus zu verlangen, auch wenn sie einem noch so herausfordernd-frech vor dem Maul herumtänzelt. Und trotzdem zerdeppern wir Alten verärgert den Fernseher, wenn dort wieder einmal ein Zwanzigjähriger im schnieken Anzug auftaucht, sich badend im Licht eines imaginären Glorienscheins, mit dem Selbstvertrauen eines Schnösels, der gerade sein zweites Auto gekauft hat, und erklärt, dass er den Glauben ans Solidarsystem aufgegeben habe und sich an den Streiks gegen die rechten Reformen nicht beteilige, weil er keine Lust habe, die Renten für all jene zu zahlen, die sich mit fünfundsechzig definitiv aus dem Arbeitsleben zurückziehen, und man spürt, wie er sich auf die Zunge beißt, um nicht noch undiplomatisch hinzuzufügen:

»Wenn die alten Säcke noch fit genug sind, zig verschiedenen Hobbys zu frönen, können sie grad so gut auch noch arbeiten!«

Tief im Inneren jedoch wussten wir alten Beerdigungsgänger beim Beginn jedes Requiems: Der Inhalt des Sargs, der da aus dem Kofferraum einer blitzenden Limousine gezogen wurde, *war* alt. Alt und verbraucht, unwiderruflich. Genauso alt und verbraucht wie wir selbst. Doch da wir durch eine Laune des Schicksals noch immer auf dieser Seite des Jordans standen und uns vor dem Toten dafür irgendwie schämten, sagten wir, ein paar schöne Jahre hätten ihm schon noch beschieden sein können. Gerechtigkeit sei jedoch ein menschliches Konzept, in der Natur komme sie nirgendwo vor. Es sei denn, der Verstorbene wurde von einer scheußlichen, schmerzhaften Krankheit gefällt. Dann reduzierten wir ihn auf den armen Tropf, der er in seiner letzten Lebensphase ja war, und sagten, der Tod sei als ein Erlöser gekommen, dem man eigentlich dankbar sein müsse.

Wir machten vor dem Aufgebahrten unsere Verbeugung, spritzten ein paar Tropfen Weihwasser auf den Sarg, kondolierten den Hinterbliebenen, die sich bestimmt fragten, in was für einem Verhältnis diese ihnen komplett Unbekannten zu ihrem teuren Verblichenen wohl gestanden haben mochten, und setzten uns auf unsere festen und viel zu harten Bänke, wo wir, gegen den Schlaf ankämpfend, die Litaneien über uns ergehen ließen. Wie dankbar wir waren, uns aus der Langeweile husten zu dürfen, wenn Weihrauch den Katafalk umnebelte, glücklich, die steifen Glieder strecken zu können, wenn wir am Altar eine Hostie oder ein

Totenbildchen mit zugehörigem Porträt und Sinnspruch in Empfang nehmen durften. Wir lauschten der obligatorischen, der Mode unterworfenen Trauermusik, die offenbar noch im Abschied darauf hinweisen sollte, dass der Verstorbene einen höchst schlechten Geschmack hatte. Und dann waren die Lieder gesungen, und die sterblichen Überreste verschwanden durch das große Portal – hoppla! – in die dunkle Grube des ewigen Vergessens, amen.

Bei uns in Winterlicht folgt der Tod einem etwas weniger ausgefeilten Dekorum. Bei denen jedenfalls, deren Seelenmesse gleich unter unserem Dach stattfindet, jenen also, die niemanden haben und an die sich, schon ehe sie ins Grab kommen, kein Mensch mehr erinnert. Hastig leiert ein Pastor seine Gebete herunter, vor einem Publikum von manchmal bloß einer symbolisch zusammengetrommelten Nonne. Kein Trauermarsch, kein Glockengeläut, keine Klagelieder über ein Leben, von dem niemand mehr Genaueres weiß und das Spuren höchstens im einen oder anderen Krankenbericht hinterließ. Ein Leichenwagen fährt auf den Hinterhof des Gebäudes, dort, wo die Lieferanten ausladen und die Mülleimer stehen, packt den Sarg ein und rollt leise davon. Ein Zimmer wird frei, die Mühle mahlt weiter.

Nein, da gefiel es mir schon viel besser, nach der Trauerzeremonie auf dem Dorfplatz mit den anderen noch ein wenig zu plaudern und bittersüße Erinnerungen heraufzubeschwören. Beim letzten Totenamt, das ich noch bei – auch offiziell – vollem Verstand besuchte, standen wir unter den Platanen, als einer aus der Gruppe der festen Besucher bemerkte: »Wenn wir nächstes Mal unsere schwarzen Regenmäntel aus dem Schrank holen, könnt's gut für Rosa Rozendaal sein!« Und immer noch frage ich mich, ob mir in dem Moment anzusehen war, wie sehr diese Äußerung mir die Fassung raubte.

Rosa. Rosa rugosa. Rosa nitida. Rosa villosa. Rosa Rozendaal.

Den Namen Rosa Rozendaal hatte ich seit einem halben Jahrhundert nicht mehr gehört. Ehrlich gesagt, hatte ich auch nicht mehr damit gerechnet. Ich ging davon aus, dass sie sich vor langer Zeit einen interessanteren Wohnort gesucht hatte, natürlich mit einem Mann. Bestimmt hatte sie Kinder bekommen, die alle studierten, und war nun dabei, nach einer langen, erfolgreichen Karriere, mit Hingabe eine neue Generation zu begroßmuttern. Klang doch plausibel.

Rosa Rozendaal … Sechzehn war ich und sie das erste Mädchen, mit dem ich getanzt habe, auf einer der ebenfalls ersten Veranstaltungen, die zu besuchen meine Eltern mir erlaubten. Im Festsaal »Albatros«, an einem Kirmessamstag. Am Vorabend hatte der in unserer Gegend nicht unbekannte Radsportler Victor Wartel das alljährliche Straßenrennen gewonnen, was auf den Ausstoß des Zapfhahns seine nicht unbeträchtlichen Auswirkungen hatte. »The Three Jacksons«, Weltstars im Land knapp über und unter dem Meeresspiegel, spielten kurz darauf, was das Zeug hielt, Akkordeon: Bearbeitungen von Fats-Domino-Songs, den »Muskrat Ramble« und andere Stücke, über die Pickelgesichter damals aus dem Häuschen gerieten.

Große Eroberungskünste konnte mir niemand nachsagen; ganz gegen die Bräuche der Zeit hatte Rosa mich zum Tanz aufgefordert und damit zum glücklichsten Menschen mindestens der nördlichen Hemisphäre gemacht. Rosa: Ich wagte sie kaum anzusehen, stand aber trotzdem einen Moment später mit ihr auf der Tanzfläche. Kein Gott konnte erklären, womit ich das verdient hatte – kein Gott, und auch ich nicht. Bei allen Jungs, die mich durch den Rauch ihrer Belga-Zigaretten neidisch anstarrten, hätte ich mich am liebsten entschuldigt. Und, ach, muss ich noch sagen, dass an mir kein großer Tänzer verloren gegangen war? Ich konnte den Takt halten, ja, aber das war auch alles. Dennoch wurde ich offenbar für würdig befunden, noch ein Lied mit Rosa zu tanzen. Etwas Wildes, Teuflisches: Rock 'n' Roll, eine neue Richtung, die von Tanzunkundigen wie mir herzlich begrüßt wurde, da man bei diesem Rhythmus den Mangel an Technik mit Einsatz gut kompensieren konnte. Davon wurde ihr warm, wie sie sagte. Sie wolle draußen ein wenig frische Luft schnappen und fragte mich, ob ich mitkäme. Bis dahin hatte alle einleitenden Aktivitäten sie übernommen. Der tatkräftige Typ. Jetzt jedoch war es an mir. Ich war nicht naiv und wusste, was ich zu tun hatte. Kein Mädchen bat einen Jungen einfach nur so, mit ihr nach draußen zu gehen. Und schon gar nicht direkt nach dem Tanzen. Ich aber unternahm nichts. Stand einfach nur da. Neben ihr. Zermarterte mir das Hirn nach den albernsten Fragen, die ein Junge in solch kapitalen Momenten nur stellen kann. Auf welche Schule sie gehe, ob es ihr da gefalle, was für einen Beruf sie einmal zu ergreifen gedenke, und – Himmel, hilf! – ob sie schon wisse, ob sie einmal Kinder wolle, und wenn ja, wie viele … Es war, wie gesagt, meine erste Tanzveranstaltung, und ich wollte mich als Gentleman zeigen, betonen, dass ich bei Mädchen nicht den schnellen Erfolg suchte. Von allen Geheimnissen, die dem weiblichen Exemplar unserer oft ekelerregenden Spezies eignen, glaubte ich eines entschlüsselt zu haben, nämlich dass Frauen Typen abstoßend fanden, die nur schnell und zielstrebig zur Sache kommen wollten.

Inzwischen hatte Rosa natürlich zu frieren begonnen (*du hättest sie wärmen müssen, du Idiot!*), und sie schlug vor, wieder nach drinnen zu gehen, wo die drei Jacksons immer noch spielten. Mir war sofort klar, dass ich eine Gelegenheit, die mir auf dem Silbertablett serviert worden war, grandios versaubeutelt hatte. Was muss sie von mir gedacht haben? Dass ich auf Jungs stand? Sie nicht hübsch genug fand? Mich auf dem Priesterseminar anmelden wollte – schließlich studierte ich doch schon Latein …? Keine Ahnung, doch der Vogel war auf und davon und ist nie mehr wiedergekommen. Einige Male habe ich Rosa in den Monaten danach noch gesehen, an der Seite eines Jungen mit vollerem Schnauzbart als ich, und jedes Mal tat der Anblick mir weh bis in die Zahnwurzeln. Kurz darauf löste sie sich sang- und klanglos in Luft auf. Ich habe sie nie wieder gesehen. Hätte mir jemand erzählt, sie sei ins Ausland gezogen, ich hätte es ohne zu zögern geglaubt.

In jedem Menschenleben kommt unvermeidlich irgendwann der Moment, wo man – manchmal begründet, oft aber auch einfach nur so – die kleinen Wendepunkte seiner Entwicklung Revue passieren lässt. Wo man sich fragt, was wohl mit einem geschehen wäre, hätte man sich in einem bestimmten Moment für die andere Richtung entschieden. Bei diesen sinnlosen, fast masochistischen Betrachtungen lande ich natürlich fast immer bei Rosa Rozendaal, bei ihr und mir auf dem Parkplatz des »Albatros«. Alle möglichen Richtungen, die ich meinem Leben an dem Tag hätte geben können, bin ich in Gedanken schon abgelaufen. Doch es ist ein Gedankenspiel ohne Lösung, und die Gefahr, verpasste Chancen zu verherrlichen, ist größer, als wir uns eingestehen mögen.

Wie solch ein Name einen nach vielen Jahrzehnten plötzlich ins Herz treffen kann!

»Hab ich euch schon erzählt: Wenn wir nächstes Mal unsere schwarzen Regenmäntel aus dem Schrank holen, könnt's gut für Rosa Rozendaal sein! Sie hat plötzlich unheimlich abgebaut, hab ich gehört. Im Oberstübchen, mein ich. Arterienverkalkung. Und dass nichts anderes mehr blieb, als sie ins Heim zu geben – die Ärmste, so jung, wie sie ist!«

Und damit war wieder alles erzählt, und jeder ging seines Wegs, um im Garten die Hecke zu schneiden, sich einen Hühnerstall zu zimmern oder mit dem Kärcher die Terrasse sauber zu spritzen … Wir wünschten einander alles Gute und gingen auseinander, um erst bei der nächsten Beerdigung wieder zusammenzukommen.

Ich gehe über den Styx und packe ein: eine Tube Zahnpasta (kleiner Scherz am Rande), ein verirrtes Zitat von Joseph Roth, die denkwürdige Erinnerung an einen innigen Kuss, den ich nie bekam, Brotkrümel …

*

Es war einer jener herrlichen Sommertage, wie sie an den sumpfigen Rändern der Nordsee viel zu selten vorkommen. Unsere Kinder waren zu Besuch und saßen mit uns im Garten, wo sie einst (vor, ach, noch gar nicht so langer Zeit) in Unschuld und Langeweile vor sich hin geschaukelt und Hütten gebaut hatten. Unser Sohn Hugo mit Lisa, seiner Dritten, und der lärmenden Teenagerbande, die aus verschiedenen Beziehungen bei ihnen hängengeblieben war. Und unsere Tochter Charlotte, die es offenbar besser gemacht hatte und noch immer harmonisch mit ihrer ersten großen Liebe Pascal zusammenlebte, aber so klug gewesen war, sich nicht fortzupflanzen. Meine Frau, die über alles und jedes eine Meinung hat, vermutete als Ursache hierfür allerdings Impotenz.

»Warum sollte unser Charlotteken sonst kinderlos bleiben? Es muss an ihm liegen. Er mit seinen ewigen, engen Jeans immer! Die sind sowieso hässlich, und der Stammbaum vertrocknet einem davon!«

Kein Besuch unserer Tochter, bei dem Moniek das Gespräch nicht irgendwann Richtung Spermabank lenkte, häufig in den unmöglichsten Momenten.

An jenem Sommernachmittag musste die Mutterglucke wieder einmal ihre Verachtung jeden Feingefühls demonstrieren und stand plötzlich mit einer Packung Potenzpillen im Garten. Kurz nachdem sie Melba-Toast mit Quark und Radieschen serviert hatte.

»Sagt mal, kann hier zufällig jemand was mit anfangen? Potenzpillen! Der Arzt hat sie Papa verschrieben, aber der denkt nur noch an sich und will sie nicht nehmen! Niemand? Pascal auch nicht? Nein? Wirklich nicht? Ganz bestimmt? ... Dann werf ich sie weg!«

Sie können sich vorstellen, wie schnell betretenes Schweigen sich über den Garten legte. Wie jeder es vermied, mir in die Augen sehen zu müssen.

Was war dem Auftritt vorausgegangen? Hinter meinem Rücken hatte Moniek, diese Giftkröte, sich bei ihrem Hausarzt über ihr mageres Liebesleben beschwert. Kaum zurück, hatte sie fröhlich geschnattert: »Ich hab mit Doktor Dumoulin über deine Probleme gesprochen, und weißt du, was? Er hat mir das hier mitgegeben: Levitra! Wie Viagra, nur nicht so bekannt, aber ansonsten dasselbe in Grün. Außerdem hat das den Vorteil, dass niemand sich was dabei denkt, wenn man die Pillen aus Versehen mal irgendwo liegen lässt ...«

Man hatte Ehefrauen schon für weniger von Brücken gestoßen.

Natürlich fühlte ich mich vor meinen Kindern gedemütigt, die so taktvoll waren, das Gespräch eiligst auf etwas anderes zu lenken. (Hugo erzählte von seinem Urlaub auf Kreta, da hätten sie so eine leckere Küche. Und auch noch so billig, alles in allem!)

Dieser Frontalangriff meiner Frau auf meine männliche Ehre war nicht nur unverschämt, er war auch vollkommen ungerechtfertigt. Zu Beginn unserer Ehe, in den frühen sechziger Jahren, gab vielmehr sie mir das Gefühl, ein ordinäres Sexmonster zu sein, bloß weil ich ab und zu wagte, mir eine andere Stellung als immer die eine zu wünschen, in der unsere ehehygienischen Begegnungen stets stattfanden. Auch die Häufigkeit meines Triebs fand sie bestialisch. Zweimal pro Monat war ihr stürmisch genug, wir waren doch nicht Rammler und Zippe! Während ihrer zwei Schwangerschaften war Sex natürlich ohnehin tabu, denn das fand sie eklig. Die Vorstellung, das Baby bekäme andauernd meinen Rüssel ins Gesicht – pfui Deibel!

Um weitere Vorwürfe ihrerseits zu vermeiden, überließ ich seitdem jede Initiative ihr, auch wenn ich wusste, dass mein Sexualleben damit so ungefähr gegen null laufen würde. Ob sie je einen Orgasmus gehabt hat, kann ich nicht sagen. Offen gestanden, ich glaube es nicht (sie direkt zu fragen, war keine Option), aber ich habe es aufgegeben, mir deswegen Vorwürfe zu machen. Natürlich hatte ich mir als junger Mann eine erotisch blühendere Zukunft erträumt und litt still unter meiner glückstechnisch unbefriedigenden Ehe. Nie habe ich mich für die mir vorenthaltene Erfüllung in anderen Armen getröstet. Dabei hätte ich mir's verziehen, spielend sogar, und bestimmt keinen Seitensprung gebeichtet, schließlich wollte auch der liebe

Friede sein Recht. Doch außer Monieks Kälte kannte ich nichts, und das gab mir nicht das nötige Zutrauen zu meinen liebhaberischen Qualitäten. Außerdem muss ich zugeben, dass sich auch einfach keine Gelegenheit bot. So erlosch nach und nach meine Libido, und ehrlich gesagt, war ich froh darüber. Ich wusste doch nichts mit ihr anzufangen. Wir waren noch keine vierzig, als unsere sexuellen Kontakte pro Jahr sich an den Fingern einer Hand abzählen ließen.

Seltsamerweise erwachte die Leidenschaft meiner Frau just da, als ich mein Zölibat endlich ganz akzeptiert hatte. Meist schliefen wir in getrennten Zimmern, offiziell mit der Begründung, dass das Schnarchen des einen und das Wühlen der anderen uns gegenseitig die Nachtruhe raubte. Und auf einmal klopfte sie wieder an meine Tür! Dort aber musste sie jetzt mit derselben Antwort leben lernen wie ich zu den Zeiten, als sie meinen männlichen Stolz zu Staub zerstampft hatte.

»Du Zippe!«, rief ich dann, doch sie hatte keinen Sinn für Humor.

Jetzt, wo wir alt und hässlich waren, juckten sie auf einmal die Triebe. Also, bitte! Sie war allerdings eine unsportliche Verliererin und rächte sich, indem sie mich wiederholt im Beisein anderer bloßstellte.

Die Tür zu meinem Schlafzimmer blieb – metaphorisch gesprochen – geschlossen: Niemanden ging es etwas an, was sich dort abspielte oder nicht abspielte. Jetzt jedoch, da sie mich vor den Kindern mit derart falschen Beschuldigungen demütigte, bekam ich nicht übel Lust, ihnen zu erzählen, dass schon ihre Zeugung ein wahres Wunder genannt werden durfte, angesichts des Eisschranks, mit dem ich verheiratet war.

Wie sie schon dastand, diese Heuchlerin, mit ihrer Packung Potenzpillen!

Doch einer musste der Klügere sein und schweigen.

Außerdem stand meine Schlussoffensive zu dem Zeitpunkt ohnehin kurz bevor.

Also schwieg ich. Meine Spezialität. Das fröhliche Beisammensein durfte auf keinen Fall gestört werden.

In dem Moment wussten unsere Kinder noch nicht, dass es vielleicht das letzte Mal war, dass wir als Familie so im Garten zusammensaßen, und zwar aus einem einfachen Grund: Ich konnte ihn nicht mehr pflegen. Das Rasenmähen dauerte immer länger und machte sich in meinem Rücken bemerkbar; immer öfter ließ ich der Natur ihren Lauf und das Unkraut wild vor sich hin wuchern; die Astschere hatte ich in dem Jahr kein einziges Mal aus dem Schuppen geholt. Alt werden ist Mist, alt sein ist noch schlimmer. Außer dem Garten gab es auch noch die Holzteile am Haus, die ich jedes oder mindestens jedes zweite Jahr neu anpinseln musste, zu all den unzähligen anderen Arbeiten, die zu einem Wohnhaus mit Grünflächen gehören und die ich nicht mehr schaffte. Ein verkalkter Wasserhahn, eine verzogene Tür, ein lockerer Keilriemen der Waschtrommel … Herkulesaufgaben wurden es für mich.

»Du wirst faul! Du lässt dich viel zu sehr hängen!« Dixit meine Frau, wer sonst? »Schau mal den Garten der Nachbarn an, wie gut der in Schuss ist! Dieses Jahr hat Michiel seine Hecke in Schwanenform geschnitten. Japaner würden sofort die Kamera zücken, wenn sie vorbeikämen. Und dabei ist Michiel drei Jahre älter als du!«

Für sie war der Kampf gegen das Alter vor allem ein Wettkampf.

»Hast du Lucienne gesehen? So schlecht zu Fuß! Aber könnte sie nicht wenigstens versuchen, ein *bisschen* weniger zu schlurfen? Ich hab's ihr gesagt: Lucienne, du musst dich den Alterswehwehchen mit mehr Macht entgegenstemmen, sonst bist du in null Komma nichts hin! In unserem Alter wird jede Faulheit sofort schrecklich bestraft … Oje, oje, hätt ich da nur den Schnabel gehalten. So böse, wie die mich auf einmal angeguckt hat …«

Was Moniek etwas weniger laut herumposaunte, war, dass die Zeit sich natürlich auch bei ihr bemerkbar machte. Ihre Elefantenmärsche mit dem Staubsauger durchs Haus dauerten immer länger, immer öfter musste sie ihre Attacken gegen Wollmäuse und Spinnweben für eine Verschnaufpause unterbrechen. Auf dem Fahrrad vom und zum Bäcker saß sie nicht mehr so gerade, und für eine alte Schachtel mit bösligen Knochen kann jeder Sturz den Anfang vom Ende bedeuten. Unsere größte Angst ist eine gebrochene Hüfte.

Lang und schmerzhaft war der Weg zu dieser Erkenntnis, doch schließlich waren wir so weit, unser Haus zu verkaufen und uns in der Stadt etwas Kleineres zu suchen. Sie hatte sich etwas länger gewehrt, weil sie es als Kollaboration mit dem Alter betrachtete. Eine feige Kapitulation, so eine kleine Wohnung, die erste Stufe zu einem Leben im Heim …

Eigentlich hätte ich also erleichtert sein müssen, als Moniek eines Tages verkündete, sich doch etwas Kleineres in der Stadt vorstellen zu können, mit Geschäften direkt um die Ecke und weniger Fenstern zu putzen. Entscheidend für ihren Entschluss war wohl gewesen, dass sie – ohne größere Verletzungen – in der Badewanne ausgerutscht war, worauf sie drei Stunden lang hilflos im Wasser gelegen hatte, bis ich ihren Ruf hörte und sie schließlich befreite. Ja, da war so eine Wohnung mit modernem Komfort wie zum Beispiel einer Dusche schon eine angenehmere Vorstellung! Doch größer als meine Freude, nie mehr eine Hauswand streichen oder Maulwürfe vertilgen zu müssen, war inzwischen mein Horror vor einem Umzug mit dieser Frau. Der Garten, so sehr er meinen steifen Knochen auch zusetzte, war all die Jahre mein kleines Refugium gewesen, der Ort, wo ich einen Moment lang allein sein, die Vögel füttern und mich mit meiner Rolle im Kosmos versöhnt fühlen konnte. In einer Wohnung säßen meine Frau und ich uns noch dichter auf der Pelle. Mit etwas Glück fänden wir höchstens noch etwas mit einem Balkon, auf dem ein Trockengestell und ein Blumentopf Platz hätten. Auch dem Verkauf unseres Hauses sah ich mit Schrecken entgegen, den Maklern und möglichen Käufern, die bei uns ein und aus gehen und um jeden Cent feilschen würden, den aalglatten Gesprächen mit Blutsaugern von Banken, die nur darauf warteten, einen auszuziehen bis aufs Hemd, wenn man um den kleinsten Überbrückungskredit bat, dem Papierkrieg bei den Notaren, dem Beantragen einer neuen Telefonnummer … Und zu alldem dann auch noch Moniek, die es nicht übers Herz bringen würde, den Dachboden zu räumen und sich von den hunderttausend Dingen zu trennen, die sie seit Jahrzehnten nicht mehr gebraucht hatte, auf einmal aber für absolut unverzichtbar erklärte, so dass die neu zu beziehende Wohnung bis zur Unbetretbarkeit zugemüllt werden würde. Wie viele Frauen litt auch die meine unter chronischem Morbus Kaufrauschus: kein Schuhgeschäft, an dem sie mit uninteressiertem Wohlgefallen vorbeigehen konnte. In unserer Garderobe türmten sich hundertneunundvierzig Paar Schuhe, und von keinem konnte sie sich trennen. Nahm man hinzu noch die Tatsache, dass ihre Krankheit – wie in neun von zehn Fällen wissenschaftlich erwiesen! – mit manischer Handtaschitis einherging, so konnte man sich vorstellen, dass unsere potentielle Wohnung bis auf den letzten Quadratmeter mit Lederwaren vollgestopft sein würde. Schloss ich die Augen, konnte ich mir ihre weisen Begründungen schon vorstellen:

»Warum soll ich Schuhe oder Handtaschen weggeben? In der neuen Wohnung ist doch genug Platz! Deinen Rasenmäher kannst du sowieso nicht mitnehmen oder die Kettensäge! Deine Werkbank auch nicht. Und jetzt sag mal selbst: Wie viele Schuhkartons passen in eine Ecke, wo ein einziger Rasenmäher gestanden hat?«

Nein, diesen Umzug würde ich nicht überleben. Auch die Romantik des Streits über die neue Farbe der Vorhänge, der Badezimmereinrichtung, das Motiv der Fliesen in der Küche – nein, danke. Schon einmal hatte ich mit Moniek ein Haus eingerichtet, eine Aktion, die damals angeblich ebenfalls romantisch sein sollte.

Das Hühnerfrikassee stand schon auf dem Tisch, wie auch das Kartoffelpüree. (Für Charlotte, die kein Hühnerragout hinunterbekam, gab es Käsekroketten.) Und Mutter, das Epizentrum von allem, was atmet und Rabattgutscheine sammelt, erklärte: »Kinder, wir müssen euch was Wichtiges mitteilen! Sagst du's ihnen, Désiré?«

»Äh … was?«

»Sagst du's ihnen?«

»Was denn?«

»Na, was wir ihnen erzählen wollten. Die gute Neuigkeit!«

»Neuigkeit?«

»*Jaaah, die* Neuigkeit!«

»Kann das nicht warten bis nach dem Essen?«

»Warum denn? Das Essen darf doch ruhig wissen, was wir mit unserem Leben vorhaben? Na sag's schon, sonst denken die Kinder noch, es wäre was Schlimmes.«

Ich erwiderte: »Also gut, wenn du so drauf bestehst … Hugo, Charlotte, wir haben euch feierlich etwas mitzuteilen: Eure Mutter hat soeben ihr hundertfünfzigstes Paar Schuhe gekauft!«

Mein Schwiegersohn Pascal musste schrecklich lachen, er war aber der Einzige.

So verkündete Moniek DIE NEUIGKEIT also selbst: »Euer Vater schafft es nicht mehr, den Farbpinsel zu schwingen, darum suchen wir uns eine Wohnung in der Stadt, wo er ganz in Ruhe vor sich hin rosten kann!«

Ich glaubte, Enttäuschung in Monieks Augen zu lesen, weil unsere Kinder es offenbar nicht besonders bedauerten, sich von ihrem Elternhaus trennen zu müssen. Sie hatte auf melodramatische Szenen gehofft, Ausflüsse einer sorglosen Kindheit, deren Erinnerung man auf ewig bewahren wollte. Doch Hugo und Charlotte stimmten ihr ernüchternd schnell zu: »Darauf hättet ihr schon viel früher kommen sollen – das kann doch keiner mehr mitansehen, wie Papa in seinem Alter und mit seinem Rücken sich noch die Leiter raufquält, um die Fensterrahmen zu streichen oder die Dachrinne sauberzumachen …«

Da, plötzlich, ein Schrei: »Die Torte! Mein Gott, ich hab die Torte vergessen!«

Nach übereinstimmender Meinung von Trophologen ist das Frühstück die wichtigste Mahlzeit des Tages, nicht jedoch für Moniek: Für sie nimmt das Dessert diese Stellung ein, am liebsten Torte mit knusprigem Boden, Buttercreme und Früchten, die in dickem Guss ertränkt worden sind. Das Ganze verziert mit einem Sahnehäubchen natürlich. Dass sie so einfach vergessen konnte, sich mit Torte für den Nachmittag einzudecken, erfüllte mich mit einiger Sorge: Wenn ich nicht aufpasste, war sie noch schneller dement als ich!!!

»Moniek, reg dich nicht auf wegen der Torte, wir haben schon mehr als genug gegessen. Und was wir uns heute nicht reinschieben, brauchen wir uns morgen im Studio nicht wieder abzutrainieren.« (So Schwiegertochter Lisa: eine Frau, die ihr Körpergewicht jederzeit genau kannte. Sah sie eine Kartoffel, kam ihr sofort deren Kaliumwert in den Sinn.)

Mein Schwiegersohn war bestimmt sogar froh, keine

Torte mehr vorgesetzt zu bekommen. Unter mehr oder weniger sanftem Zwang hatte der Ärmste drei tiefe Teller Hühnerfrikassee auslöffeln müssen und fünf Portionen Püree. Denn auch wenn er die vierzig längst überschritten hatte: »Ein junger Mann wie du muss gut essen!«

Als er die sechste Portion verweigerte, starrte Moniek ihn ungläubig an: »Bist du schon satt?! Aber Pascal, jetzt enttäuschst du mich aber! Du weißt doch, was sie früher bei uns zu Haus immer sagten? ›Schlechte Esser, schlechte Arbeiter!‹ Das sagten sie bei uns zu Haus immer!«

Und jetzt also Torte – die musste unbedingt sein. Was für ein schräger Gedanke, ein Familienessen im Garten *nicht* mit einer ordentlichen Portion Gebäck abzuschließen!

»Na los, Désiré, schwing dich ins Auto und hol uns was Leckeres vom Konditor! Aber fix! Dann hast du deinen Hintern wenigstens mal *ein bisschen* bewegt!«

Anderthalb Stunden später kam ich zurück.

»Na, Weltreisender, wo warst du denn so lange? Und ohne Handy auch noch, wir konnten dich nicht mal erreichen. Unser Charlotteken hat sich vor Nervosität sämtliche Nägel zerbissen. Für eine Frau ist das nichts, so mit angenagten Fingernägeln rumlaufen zu müssen. Und alles durch deine Schuld!«

»Wieso, wo ich so lang war? Ich sollte doch einkaufen!?«

»Ja, natürlich, aber warum brauchst du anderthalb Stunden für ein paar Stückchen Torte? Oder mussten sie die erst noch backen?«

»Torte? Wieso Torte?«

Ich stellte einen nagelneuen Toaster auf den Tisch und erklärte: »Super Gerät! Das beste sogar, vom Preis-Leistungs-Verhältnis. Und zwei Jahre Garantie!«

In den Blicken, die unsere Kinder in dem Moment austauschten, stand reine Panik geschrieben. Sie wussten, was es geschlagen hatte.

Meine Vorstellung hatte begonnen. Oder genauer: das Vorprogramm.

In Erwartung der Soap, die sie seit dreiundzwanzig Staffeln süchtig verfolgte, saß Mutter Gans in ihrem Sessel, der wie immer mit Schonern bedeckt war, damit die Sitzkissen nicht einschmutzten, und schnatterte: »Wollen wir nicht mal was spielen?«

Für Spiele hatte Moniek nie etwas übriggehabt, viel zu frivol. Doch vielleicht hielt sie sich für so raffiniert, dass sie annahm, ich würde nichts merken.

Ich fragte zurück: »Was denn?«

»Ein Gedächtnisspiel. *Ich packe meinen Koffer.*«

»Willst du verreisen?«

»Nein, das Spiel heißt so. ›Ich packe meinen Koffer.‹ Ich sag dann zum Beispiel: ›Ich fahre nach XY und packe ein: einen Erste-Hilfe-Koffer.‹ Und dann bist du dran und fügst was hinzu, darfst dabei aber nicht vergessen, was ich gerade gesagt habe. Dann sagst du also zum Beispiel: ›Ich fahre nach XY und packe ein: einen Erste-Hilfe-Koffer und drei Paar Socken.‹ Dann ich wieder, und immer so weiter. Wollen wir?«

»Aber ich will überhaupt nicht verreisen! Fahr ohne mich!«, erwiderte ich.

Monieks Lieblingssendung begann; die elfmilliardste Folge konnte sie im Kampf gegen ihre Mutlosigkeit jetzt gut gebrauchen.

Theoretisch schien alles ganz einfach. Ich würde allmählich zerbröseln, wie ein einsamer Felsen in der Prärie: langsam, mit einer gewissen Schönheit, aber unerbittlich. Altern und gleichzeitig im von mir erzeugten Nebel verschwinden. Mich nach und nach auflösen, so dass die existentielle Nacht schließlich fast unbemerkt über mich käme. Wenn es Lebenskunst gab, musste es auch Sterbenskunst geben. Mein Hunger auf Ergebnisse war aber so mächtig, dass ich mich vor zu großer Hast hüten musste. Außerdem hatte ich natürlich schon meine paar Jährchen auf dem Buckel und kannte einen Teil der Gebrechen, die keinen im Alter verschonen, persönlich. Unnötig, all die Fähigkeiten aufzuzählen, die ich schon verloren hatte, als ich dieses mein letztes und größtes Abenteuer begann. Es waren zum Heulen viele, und unwiderruflich. Der Weg Richtung Grab war also ohnehin steil genug. Am Meilenstein, mir die Zehennägel nicht mehr schneiden zu können, war ich längst vorbeigeschossen; Pauken und Trompeten hatten ihren Tusch dabei pietätvoll unterlassen. Mein von mir größtenteils als missglückt betrachtetes Leben ging so oder so dem Ende entgegen, ich verkürzte meine Anwesenheit auf Erden also nur ein klein wenig mit meinem Plan.

Merkwürdigerweise hatte ich mich für das Szenario entschieden, das ich immer am meisten gefürchtet hatte: Demenz. Achtunddreißig Jahre lang ermöglichte mir mein Gedächtnis, fehlerlos den Beruf des Bibliothekars auszuüben, in einer Zeit, in der die ersten Karteikästen von noch primitiven, monströsen Computern abgelöst wurden, man also noch größtenteils auf die biologisch abbaubare Datenbank zwischen den Ohren angewiesen war. Man brauchte mir nur den Namen eines Autors oder ein Thema zu nennen, schon ratterte ich einen Rattenschwanz Titel herunter. Ohne zu zögern. Sagte jemand zum Beispiel »Louis Albrechts«, ergänzte ich wie aus der Pistole geschossen: »*Stadt- und Regionalplanung in Schottland*« – ein Titel, der kein einziges Mal ausgeliehen worden war (denn wer in unserer gottverlassenen Schlafstadt interessierte sich schon für irgendeine Planung in jenen nebelverhangenen Breiten?), sich aber in meinem Hirn festgesetzt hatte, weil ich jeden Tag ein paarmal am Buchrücken dieses Werks vorbeikam. Tausende von Namen, Titeln und Themen konnte ich einander im Handumdrehen zuordnen; ein bescheidenes Talent, das manchem faulen Studenten zufolge, der eine Arbeit schreiben oder ein Referat halten musste, mein Dasein gleichwohl vollauf rechtfertigte. Ein Elefantengedächtnis, könnte man sagen. Meine Brille aber suchte ich mindestens zehnmal am Tag, meine Autoschlüssel genauso, Namen von Nachbarn gingen mir zum einen Ohr rein und zum anderen wieder hinaus. Und wenn ich mich nicht mit einem Einkaufszettel bewaffnete, kam ich bestimmt mit den falschen oder zu wenigen Dingen nach Hause. Meine Zerstreutheit war legendär, soweit an mir überhaupt irgendetwas legendär sein konnte. Mehr als einmal brachte ich es fertig, eine Lasagne in den Ofen zu schieben, ohne ihn anzustellen. Zwei, jawohl, zwei Automotoren habe ich ruiniert, indem ich Diesel statt Benzin tankte, und auf Partys erzählen meine Kinder noch immer, wie mir einmal auf der Fahrt in den Urlaub zu unserem Lieblingscampingplatz am Lac du Bourget erst an der französischen Grenze auffiel, dass ich den Wohnwagen zu Hause vor der Garage hatte stehen lassen. Samt und sonders Situationen, die Moniek mit ihrem festen Ausruf abschloss: »Da hast du's, jetzt ist es so weit: das Syndrom von Gorbatschow. Das kommt durch den Suff, durch nichts anderes …!«

Diese Zimtzicke!

(Es nutzte nichts, mich zu verteidigen, dass auch ihnen als Passagieren etwas hätte auffallen können. Nichts da: Ich war der Fahrer, derjenige, der in den Rückspiegel zu schauen hatte, also auch derjenige, der für die vielen Kilometer, die wir jetzt extra fahren mussten, als Einziger verantwortlich war …)

Doch zugegeben, auch ich machte mir wegen meiner Vergesslichkeit einige Sorgen und besprach diese eines Tages mit einem mir bekannten Neurologen. Wie konnte es sein, dass mein Hirn mühelos mit verstaubtem enzyklopädischem Wissen jonglierte, mit dem man in jedem Quiz brilliert hätte, und gleichzeitig keinerlei Zugriff hatte auf beispielsweise selbst mehrmals gewählte Telefonnummern, Geburtstage, Namen von Frauen von Freunden oder Enkeln meines Bruders, obwohl der pausenlos von den Sprösslingen seiner Sprösslinge erzählte? All diese Namen, Daten und anderen Kleinigkeiten des Lebens schwirrten seit Jahren fröhlich um mich herum, ohne dass ich sie irgendwie festzuhalten vermochte. Und zu alldem kam noch ein genetisch höchst bedenkliches Omen: Zwei meiner Großeltern waren im Alter kindisch geworden. Meine Großmutter mütterlicherseits etwa hatte Indianer mit Kriegsbeil um ihr Bett tanzen sehen, in dem es ihr einfach nicht gelingen wollte zu sterben; sie heulte und schwitzte und pisste ins Laken vor Angst, rund um die Uhr, zur großen Gereiztheit der Nonnen, die sie festbanden und mit Gebeten zu kurieren versuchten. Schon weniger würde einem Menschen genügen, um sich für Demenz prädestiniert zu fühlen und in einer leichten Zerstreutheit erste Anzeichen geistigen Abbaus zu fürchten. Doch dieser mein Freund, ein berühmter Hirnforscher, beruhigte mich mit der wunderschönen Metapher: »Wenn du einen Namen suchst und hast das Gefühl, vergebens in einer Schublade zu kramen, ist noch alles im Lot. Hauptsache, die Schublade, in der die Namen und Daten gespeichert sind, ist immer noch *da*. Bei Alzheimer oder Demenz ist der ganze Registerschrank futsch.«

Mit diesem Bild konnte ich etwas anfangen. Der Außenwelt gegenüber so zu tun, als sei der ganze Schrank am Verrotten, war nun meine vornehmste Aufgabe.

Doch auch das Verrotten hat seinen Rhythmus, und übermäßige Hast würde mich verraten.

Bei häufig zerstreuten Menschen wird Demenz ja bekanntlich erst viel später festgestellt. Also musste ich damit leben, dass meiner Umgebung die ja schon öfter vorgekommenen Fehlleistungen zunächst noch kaum auffielen. Natürlich hatte blankes Entsetzen in den Augen meiner Kinder gestanden, als ich an jenem Nachmittag im Garten mit dem Toaster statt der Torte nach Hause gekommen war. Ein paar Minuten später jedoch kramten sie schon wieder Anekdoten über meine Zerstreutheit hervor, wobei auch die mit dem Wohnwagen erneut Lachsalven erntete.

Unser Papa mit seiner ewigen Schussligkeit aber auch!

Die Häufigkeit meiner Aussetzer langsam zunehmen zu lassen schien mir im Anfangsstadium die geschickteste Strategie. Und ich muss bekennen, ich erlebte dabei ein altes und halb vergessenes Vergnügen, wie vielleicht nur Kleinkinder und Surrealisten es kennen: die Wirklichkeit auf den Kopf zu stellen und Dinge aus ihren alltäglichen, eingerosteten Zusammenhängen zu reißen. Statt die Mülltüten auf die Straße zu stellen, tat ich das mit dem Wäschekorb (den zur großen Wut von Mevrouw van Diest auch noch jemand mitgehen ließ), ich verfütterte frisch gekauftes Brot an die Vögel, stand in Socken unter der Dusche, tat das schmutzige Geschirr in die Waschmaschine (keine gute Idee: macht einen Höllenlärm, der danach vom schrillen Gekeif deiner Alten übertönt wird, die das Speiseservice ihrer Eltern im Baumwollhemdenprogramm in den Klirreklangel gehen sieht). Tomatensuppe füllte ich in die Kaffeekanne, Teebeutel hängte ich in die Kloschüssel, am heißesten Hundstag drehte ich die Heizung auf bis zum Anschlag – bis anlässlich eines bestimmten Vorkommnisses selbst Monieks Spatzenhirn endlich begriff, dass es jetzt wirklich um mehr ging als nur um ein wenig Zerstreutheit. Um diesen freudigen Moment besser schildern zu können, muss ich kurz in die früheste Zeit meiner Ehe zurückkehren, in die dritte oder vierte Nacht, glaube ich.

Die Nacht, in der ich es wagte, unter der Decke zum ersten Mal vernehmlich zu furzen, in Anwesenheit jener, die mir gerade erst vor Gott und Landesfürst ewige Treue gelobt hatte, in guten wie in schlechten Tagen. Der Pups war nicht vulgär, ich meine, ich habe nicht künstlich gequetscht, um mit meinen Leistungen als Furzomane zu prunken. Auch keine Stinkbombe, die in allen betroffenen Atemwegen bleibende Schäden hinterlassen würde. Nein, ein ganz normaler, gewöhnlicher Furz, wie täglich Milliarden ruhmlos aus dem Entlüftungssystem von Menschen und Tieren entweichen, der also eigentlich nicht in der Lage sein sollte, Mann und Frau auseinanderzubringen. Doch kaum war der Flatus vernehmlich geworden, begann meine Frischangetraute zu rasen. Was ich mir dachte, wen ich geheiratet hätte? Einen ordinären Bauerntrampel, gewohnt, neben den Kühen auf dem Misthaufen zu schlafen?

Moniek wollte sich gar nicht beruhigen. Sie sprang aus dem Bett und radelte zu ihren Eltern, wo sie die nächsten zwei Nächte verbrachte. Ich habe nie erfahren, was sie ihnen erzählt hat. Irgendwas muss es gewesen sein, denn normal ist es ja nicht, wenn die frischverheiratete Tochter mitten in den Flitterwochen auf einmal wieder zu Hause vor der Tür steht.

(»Hilfe, Mutter, mein Mann furzt im Bett!«)

Als sie zurückkam – wie von einer Abmagerungskur; außerdem wütend, weil ich nicht den geringsten Versuch unternommen hatte, sie zurückzuholen –, musste ich ihr versprechen, mich in ihrem Beisein nie mehr zu solch bestialischem Treiben verleiten zu lassen. Heute ist mir klar, dass ich damit die letzte Chance verpasste, aus meinem Leben noch etwas zu machen. Schließlich hatte sie *mich* verlassen, das Recht stand auf meiner Seite. Ich hätte mich erhobenen Hauptes von ihr scheiden lassen können. Doch ich nahm sie zurück und ließ meine Fürze in Zukunft wie ein verschämtes Kind heimlich.

Bis zu dem bewussten Moment, der Morgenröte meiner neuen Zeitrechnung!

Ein Furz, und ich wage zu sagen: einer, der alle in den vergangenen Jahrzehnten leise entwichenen mit einem Mal kompensierte. Ein Donnerschlag, der mir noch mehr Freude gemacht hätte, hätte er unterirdisch gestunken. Doch leider kann man nicht alles haben im Leben, schon gar nicht alles zugleich.

Ich erwartete einen gewaltigen Anpfiff, einen Wutausbruch, hörbar bis ans Ende der Straße, zum Vergnügen unserer Nachbarn. Doch es kam nichts. Meine Sonate für Basstuba blieb unkommentiert. Moniek weinte. Genauso still wie einst mir meine Fürze entwichen jetzt ihr die Tränen, und ich wusste, dass damit mein Triumphzug begonnen hatte. Ihre letzten Zweifel waren verflogen. Sie wusste, dass sie bald keinen Mann mehr hätte, den sie anblaffen und anmeckern konnte, und bald endgültig allein im Bett liegen würde. Allein im Haus, um ebenso allein darin zu sterben.

Wenn sie sich jetzt nicht bemitleidete, tja, dann täte es niemand.

Ich gehe über den Styx und packe ein: eine Tube Zahnpasta (kleiner Scherz am Rande), ein verirrtes Zitat von Joseph Roth, die denkwürdige Erinnerung an einen innigen Kuss, den ich nie bekam, Brotkrümel, einen schöneren Trost als den, den ich in einem Berliner Pfannkuchen fand …

*

In der Azaleastraat ist das Auftauchen eines Polizeiautos immer noch ein sensationelles – fast möchte ich sagen: festliches – Ereignis. Die Sirene braucht nicht mal zu heulen, es genügt schon, dass der Wagen einfach in unserer Straße einrollt, und die Hunde beginnen zu kläffen, und die Klatschtanten nehmen ihre Spionageposten hinter den Vorhängen ein. Eine Geschichte kündigt sich an, vorzugsweise eine über fremdes Elend. Die Sensationslüsternen reiben sich die Hände, endlich einmal scheint das Leben dem Fernsehen entnommen, hurra!

Das letzte Mal, als die Gendarmerie in unserer Straße auftauchte, war es, um den Vanderelsts aus Nummer 54 zu melden, dass ihre Tochter die Rückfahrt aus der Diskothek nicht überlebt hatte.

Ob die Nachbarn jetzt eine ebenso erregende Meldung erwarteten, als zwei Beamte mit ihrem Kombi in unserer Einfahrt vorfuhren, kann ich natürlich nicht sagen, es fiel aber schon auf, dass trotz des herannahenden Abends plötzlich ein jeder seinen Briefkasten leeren oder den Bürgersteig fegen musste, um dem mysteriösen Geschehen ein Stück näher zu kommen und den Grund für den Besuch dieser Uniformierten so schnell wie möglich zu erfahren. Aus den Augenwinkeln sah ich Felix von Nummer 47 einen imaginären Schaden an der Seitenwand seines Hauses inspizieren und Stielaugen bekommen, als er auf einmal meine zerzauste Figur auf dem Rücksitz des Streifenwagens entdeckte, der normalerweise für Festgenommene reserviert ist. Daraufhin huschte er wieder ins Haus, zweifellos, um seiner Familie die spannende Kunde zu bringen. Von überall her spürte ich die Blicke auf mich gerichtet. Das Schwirren und Summen der Gerüchte und Vermutungen:

»Ist das die Polizei, da bei den Cordiers?«

»Es wird doch nichts passiert sein?«

»Komisch, sie haben Désiré dabei.«

»Désiré? Zusammengeschlagen?«

»Sieht nicht so aus. Vielleicht hat er was ausgefressen, oder sie haben ihn zum Verhör mitgenommen.«

»Désiré – was ausgefressen? Dieser harmlose Tropf? Kann ich mir nicht vorstellen.«

Auch meine Frau muss an den tragischen Vorfall bei den Vanderelsts gedacht haben, als sie den blauen Schein der stummen, gleichwohl bedrohlichen Blinklichter auf ihrem Topf mit erkaltetem Hoppelpoppel reflektiert sah. Vielleicht rannte sie darum so leichenblass aus dem Haus, gefasst auf den einen Bericht, nach dem die Vergangenheit zu etwas bedeutungslos Unwirklichem wird.

Was konnte mit mir geschehen sein? Kurz rekapitulieren: Am Frühnachmittag nach dem Essen hatte sie mich in die Stadt gehen sehen, um, wie ich ihr erklärte, in meinem Stammladen ein paar Bücher zu kaufen. Für Moniek bestand das Paradies auf Erden aus einer endlosen Flucht von Geschäften, die Shoppingmall war ihr Walhalla, doch eine Buchhandlung gab es dort nicht – einer der vier Trilliarden Punkte, in denen wir uns fundamental unterschieden. Dieser Stadtbummel galt daher als eine meiner Schrullen, und sie ließ mich unbevormundet meine neue Portion Lesefutter besorgen. »Du willst Bücher kaufen, sagst du? Oh, dann geh mal allein!«

Meine Absicht, in eine Buchhandlung zu gehen, dürfte sie einerseits nicht, andererseits doch überrascht haben. Nicht: weil ich natürlich von jeher ein Büchernarr war. Gleichzeitig erstaunte mein erneuerter Hunger nach Literatur sie dann aber schon, weil er so gar nicht zum – für sie – offensichtlichen Verfall meines Hirns passte. Für einen Moment war sie sicher heilfroh, dass sie weder Gott noch sonst wem von meiner nachlassenden geistigen Spannkraft erzählt hatte. Ein Strohhalm der Hoffnung tauchte auf: die Hoffnung, dass sie meinen Zustand falsch eingeschätzt hatte. Ein kleines Formtief war es gewesen – mein Kopf hatte Urlaub genommen und war jetzt wieder voll da, bereit und begierig, sich wie früher auf seine Bücherstapel zu stürzen.

Mit einem Stapel Bücher kam ich tatsächlich nach Hause. Oder besser: Die Polizei war so freundlich, den Stapel und mich bei mir daheim abzuliefern. Die Titel jedoch waren nicht in der Lage, Monieks leise Hoffnung auf Besserung meiner geistigen Kräfte zu nähren – schade eigentlich: *Die Marathon-Fibel, Alltagsgespräche mit Gott, Willi Otter und der Orden der siebenundneunzig Besenstiele, Ein schöner Garten zu jeder Jahreszeit, 1001 Reparaturen am Haus, Die originellsten Aufläufe* … und noch Dutzende andere Werke ähnlichen Zuschnitts. Einen tiefen Griff in unsere Haushaltskasse hatte ich dafür tun müssen, doch mit einem Lächeln bezahlt.

Dem Buchhändler war ich natürlich kein Unbekannter. Gut ein Viertel meiner Bücherbestände hatte ich in seinem Laden gekauft, mindestens zwei Urlaube mit der Familie muss meine belletristische Fressgier ihm eingebracht haben. Er kannte meine Vorlieben also genau und hätte allen Grund gehabt, zu meinem plötzlich erwachten Interesse an Aufläufen, Origami und Gartenmöbeln seine Bedenken anzumelden. Doch einem Buchhändler geht nicht jeden Tag ein seniler Kunde ins Netz, und die allgemeine Krise galt für ihn als kleinen Selbständigen natürlich erst recht. So ergriff er die Gelegenheit, ein letztes Mal richtig an mir zu verdienen und drehte mir seinen unverkäuflichsten Ramsch an. Ebenfalls mit einem Lächeln. Obwohl er genau wusste, dass ich dieses stumpfsinnige Sammelsurium bei klarem Verstand niemals gekauft hätte. Noch unappetitlicher: Der Mann, der über meine Bücherkäufe doch einen gewissen Einblick in meine intellektuelle Klasse besaß, fand es nicht mal unter seiner Würde, mir absichtlich zu viel zu berechnen.

Natürlich war die Versuchung in dem Moment groß, meine Maske fallen zu lassen und den dreckigen Blutsauger für seine Unehrlichkeit vor versammelter Kundschaft bloßzustellen. Der Anblick allein schon hätte es gelohnt, seine verdattert offenstehende Fresse, wenn ich ihm sagte, dass meine Demenz nur gefaket war, zu meinem Vergnügen, aus Neugier auf die Reaktion meiner Mitmenschen. Doch dieses Vergnügen, das wohl nur Undercoverjournalisten und verdeckten Ermittlern vergönnt ist, musste ich mir versagen. Wie verdammt verführerisch es auch sein mochte, für einen Augenblick aus meiner Rolle zu springen.

Mit meiner Ladung Bücher in einem Trolley zog ich danach in ein Bekleidungsgeschäft weiter. Ein trendiger Laden mit lauter Musik und industriell anmutender Einrichtung. Die zwei Verkäuferinnen an der Kasse verfolgten mein Eintreten mit großen Augen. Ein alter Knacker mit einem Rollwägelchen. Ich war bei weitem der älteste Kunde, der diese Teeniebutike jemals betreten hatte, ihr Witz der Woche in höchsteigener Person. Sie warteten amüsiert auf den Moment, in dem ich merken würde, dass ich den falschen Laden betreten hatte, keine karierten Wintermützen oder Wanderstöcke zum Beispiel erstehen konnte, bloß zu weite Hosen, die den Hintern nicht mal zur Hälfte bedeckten. Erst als ich mich tatsächlich in der Sommerkollektion umzusehen begann, kam eine von ihnen (der eiserne Knubbel in ihrem Nabel schockierte mich nicht, hässlich fand ich ihn aber schon) und fragte mit einer Quäkstimme, wie sie dem Gros der weiblichen Verkaufszunft nun mal leider eignet: »Kann ich Ihnen irgendwie helfen? Suchen Sie etwas Bestimmtes?«

Ich blickte sie glasig an – so sollte es jedenfalls wirken –, packte aufs Geratewohl einen Fetzen und fragte, ob ich ihn anprobieren dürfe: ein Stück Stoff, das sich noch am freundlichsten als Freizeithemd beschreiben ließ, wenn auch ohne Ärmel und grellbunt bedruckt mit einem englischen Slogan, der auf eine Tätigkeit anspielte, die gesunde Paare auf der Matratze betreiben. In ihrer jugendlichen Überheblichkeit dachte die Kleine vielleicht, dass ich kein Englisch verstünde.

Ihre Kollegin an der Kasse hatte das Gespräch Punkt für Punkt mitgehört und konnte sich sichtlich nur mühsam ein – zweifellos hässliches – Lachen verkneifen. Ein Lachen, das aufplatzen würde wie ein reifes Geschwür.

Ich grabschte mir noch ein paar Hemden und Hosen und zwängte mich in der Umkleide schließlich in Sachen, die derart psychedelische Farben aufwiesen, dass ich meinen Kindern niemals erlaubt hätte, mit ihnen nach Hause zu kommen.

Der nächste Schritt musste meinem letzten Lebensprojekt den entscheidenden Schub bringen.

Meine eigenen, anständigen Klamotten ließ ich in der Kabine und trat als traurige Karnevalsfigur (Pleonasmus!) wieder hinaus. Da konnten die Ladenmiezen sich nicht mehr halten, sie gaben ihren Widerstand auf und prusteten los. Wie ich gefürchtet hatte: ein hässliches Lachen. Bei beiden. Doch noch bevor das erste Trommelfell platzen konnte, verließ ich seelenruhig mit der funkelnagelneuen, noch unbezahlten hippen Kluft die Boutique, das laute Jaulen der Alarmanlage komplett ignorierend.

Dabei guckte mir auf der Straße ohnehin schon jeder hinterher: ein verkleideter Zirkusaffe auf Urlaub. Das Aufsehen wurde noch größer, als die Schwarze mit dem Eisenwarenladen im Nabel mir auf den Bürgersteig hinterherlief, auf mich zeigte und kreischte, ich sei ein Dieb und man solle mich festhalten.

Doch sehr zu meiner Enttäuschung griff niemand ein. Was scherte es den anständigen Bürger, dass diesem Laden mit Idiotenbedarf für Halbstarke ein paar hässliche Lumpen abhandenkamen? Kein großer Verlust, oder? Außerdem kannte mich niemand, ich könnte ja eine Waffe dabeihaben. In unseren Breiten muss schon Weltbewegenderes geschehen, um den Bürgersinn der Mitmenschen zu wecken. Seltsam eigentlich, dass überhaupt noch Alarmanlagen verkauft wurden, wenn man sah, wie absolut niemand sich an ihrem Jaulen störte.

Also schlurfte ich ungestört weiter, bis ans Ende der Einkaufsstraße, wo mich zuletzt zwei brave Beamte unaufgeregt, doch entschlossen anhielten, offenbar schon per hochtechnologischem Tamtam von meinem Kommen unterrichtet. Sie baten mich freundlich, sie in den Laden zurückzubegleiten, den ich soeben verlassen hatte. Die zahlreichen Zuschauer links und rechts, die auf einen dramatischen Showdown gehofft hatten, wurden enttäuscht.

Und so stand ich kurz darauf wieder im selben Geschäft, obwohl meine Anwesenheit dabei eigentlich keine Rolle mehr spielte. Mit einer Ernsthaftigkeit, wie ich sie schon lange nicht mehr unter Polizisten vermutete, hielt, ich glaube, der ältere Beamte den Verkäuferin mimenden Backfischen eine Standpauke. Viel mochte aufs Konto ihrer jugendlichen Unerfahrenheit und Selbstüberschätzung gehen und sei als solches denn auch noch verständlich, aber dass sie über ein derart unterentwickeltes Urteilsvermögen verfügten, dass sie einen senilen alten Mann mit einem ordinären Kriminellen verwechselten, erstaune ihn doch.

»Sie müssen einen Moment zerstreut gewesen sein«, richtete der jüngere Kollege sich mit seltenem Zart- und Taktgefühl nunmehr an mich. Vielleicht hatte er einen Großvater, der unter einer karierten Decke in einem Altersheim vor sich hin siechte. Eigene Erfahrungen schärfen das Mitgefühl. »In der Umkleide hängen Ihre eigenen Sachen. Ziehen Sie die an, dann hängen die Damen hier die Sachen, die Sie aus Versehen mitgenommen haben, wieder an die richtige Stelle.«

Sie kontrollierten meinen Ausweis. »Azaleastraat? Ist das Ihre Adresse?«

»Azaleastraat? Ich denk schon … Ja, ja, müsste stimmen, tatsächlich.«

»Kommen Sie, zufällig müssen wir in die Richtung, wir nehmen Sie mit. Und die Bücher hier, gehören die Ihnen? Oder sind Sie mit denen auch einfach aus einem Laden gelaufen?«

So wurde ich also von der Polizei nach Hause gebracht, zu einem Wiedersehen mit meiner Frau, die, kaum hatten sich ihre schlimmsten Sorgen zerstreut, in die Luft ging, weil ich schon wieder ohne Handy in die Stadt gegangen war und sie mit ihrem Topf kalt gewordenem Hoppelpoppel unnötig hatte warten lassen.

Der Vertreter der öffentlichen Ordnung zu ihr: »Dürfen wir fünf Minuten hereinkommen, gnä' Frau, vielleicht sollten wir das hier nicht zwischen Tür und Angel besprechen …«

Die Unterredung zwischen den netten Beamten und meiner Frau (in dessen Verlauf Moniek's Gesichtsausdruck immer trostloser wurde) fand in solch perfektem Flüsterton statt, dass ich lediglich das Wort »Hausarzt« auffing. Doch als ich schon dachte, sie sei völlig niedergeschmettert, brüllte sie los, mein Oberfeldwebel van Diest: »Der und dement? Der? Stellen Sie ihm ein Glas Rotwein hin, dann ist er jedenfalls nicht so dement, es stehenzulassen – das vergisst er bestimmt nicht zu trinken …«

Als die Beamten abzogen, gab es nichts mehr zu gaffen, und die Rollläden der Nachbarn rasselten herunter.

Was mir an meinem Theaterstück besonders gefiel, war die Rolle des Rastlosen, die ich dabei zu spielen hatte. Dieses die Wirklichkeit nicht mehr Erfassen, dieses Gefühl, irgendwo, an einem fernen, unbekannten Ort, etwas brennend Wichtiges zu tun zu haben. Also macht man sich auf die Suche, die Suche nach etwas, das man nicht mal erkennen würde, wenn man es irgendwann fände. Dies den alltäglichen, langweiligen Sicherheiten Entrücktsein gefiel mir. Einen Heidenspaß hatte ich damit. Wie meine eigene Urlaubsvertretung trödelte ich durch die Tage, nicht ohne zu merken natürlich, wie Mevrouw van Diest immer ruchloser auf einen Nervenzusammenbruch zusteuerte.

Die Hauptbeschäftigung eines Demenzkranken ist Flüchten. Immer und überall will, muss er davon. Aus diesem Grund hat man im Garten unseres Heims eine Bushaltestelle gebaut. Reiner Schwindel natürlich. Ich meine: Nie wird dort ein Bus abfahren oder anhalten. Doch die Haltestelle ist eine perfekte Kopie, komplett mit Wartehäuschen und Sitzen, aushängendem Fahrplan und Informationen, für die sich übrigens kein Heiminsasse interessiert, die das Ganze aber besonders glaubwürdig machen: *Bauarbeiten in der Hoogstraat, bitte berücksichtigen Sie mögliche Verspätungen. Vielen Dank für Ihr Verständnis.* Selbst ein Stück Straße hat man angelegt, ungefähr sieben Meter herrlich ebenen Asphalt, wie man ihn als Radfahrer gern unter die Reifen bekommt, dazu ein Wegweiser in eine nicht existierende Stadt, in die auch angeblich der Bus fährt. Linie 77. Seit diese Geisterhaltestelle im Garten von Winterlicht steht, müssen die Pfleger weniger Zeit mit der Suche nach ausgebüchsten Patienten verplempern. Glaubt jetzt ein seniler Bewohner, unbedingt weglaufen zu müssen, sieht er die Haltestelle, setzt sich triumphierend hinein und wartet. Nach einiger Zeit kommt ein Pfleger vorbei und ruft etwas wie: »Wartest du auf den 77er, Gilberta? Der hat Verspätung wegen Umleitung. Bauarbeiten an der Kanalisation in der Hoogstraat oder so. Komm doch rein und trink einen Kaffee, damit dir das Warten nicht zu lang wird …«

Dadurch fühlt der senile Heimbewohner sich in seinen Reiseplänen bestätigt, gleichsam ernst genommen und wird nicht noch verwirrter, als er schon ist, und das Personal braucht seine ermüdende Tätigkeit des Pillen-Verabreichens und Windeln-Wechselns nicht dauernd zu unterbrechen, um wieder mal Spürhund zu spielen.

Die Idee mit der Bushaltestelle stammt aus Deutschland und funktioniert denn auch geradezu meisterlich. Jeder, den ich je in dem Nepp-Häuschen sah, ist wirklich dem Pfleger gefolgt, verführt von dem Angebot von Wärme und Kaffee, und hatte kurz darauf wieder vergessen, dass er eigentlich fliehen wollte und auf einen Bus in die Freiheit wartete.

Doch wie gesagt, die Bushaltestelle steht im Garten unseres Heims, und dorthin musste ich zu dem Zeitpunkt erst noch gelangen.

Durch mein heimliches Studium der Krankheitssymptome bei Alzheimerpatienten wusste ich, dass gewisse Verhaltensweisen unabdingbar waren. Stimmungsschwankungen zum Beispiel. Schön depressiv vor mich hin gucken im einen Moment, im anderen wieder schallend auflachen, über die drollige Frisur meiner Gattin zum Beispiel. (Oder die modische Brille, die sie sich kürzlich gekauft hatte, um anderen und vor allem sich selbst weiszumachen, sie sei noch auf der Höhe der Zeit. Eine Brille, auf deren Bügel ein protziger Markenname prunkte. Versessen auf Markennamen war sie schon immer gewesen, wie auch auf Produkte mit dem Aufkleber »echt« oder »Design« …)

Schlafstörungen, ja, die musste ich ebenfalls vorspielen, wollte ich mein Eintrittsbillett in den Kreis der Senilen verdienen. Also stand ich quietschvergnügt mitten in der Nacht auf, machte mir einen Berg Brote, nahm ein gemütliches Bad, am liebsten laut jodelnd, schmierte mich großzügig mit Sonnencreme und selbstbräunender Bodymilk ein, um anschließend noch etwas fernzusehen.

Auch meine zeitliche und räumliche Orientierung musste immer mehr den Bach runtergehen, was in mitunter endlosen Spaziergängen resultierte.

Leider konnten diese Ausflüge nicht allzu oft stattfinden, denn Moniek schämte sich Tag für Tag mehr und hatte eine Heidenangst, ich könnte mit einem Nachbarn ins Gespräch kommen. Mit einem Dementen verheiratet zu sein war für sie ein Fleck auf ihrer blütenreinen Weste. Vielleicht kam die Krankheit in den besten Familien vor, unter keinen Umständen jedoch in ihrer. Darum hielt sie die Vordertür eisern geschlossen und passte auf wie ein Luchs. Es war wie Hausarrest.

Die ersten, noch schüchternen Fragen der Nachbarn nach meinem Befinden hatte sie als demütigend empfunden und mit einer kindischen Ausrede pariert:

»Danke, Désiré geht's gut – warum fragst du? Er ist nur in den letzten Tagen sehr müde. Der Herr hat sich in den Kopf gesetzt, seine ganze Büchersammlung zu katalogisieren, du kennst ihn: Mit seinen Büchern ist er verheiratet, mich hat er als Mätresse. Sozusagen natürlich, du verstehst, was ich meine. Na, und jetzt hat er sich eben ein bisschen viel vorgenommen. Der Porree im Garten fängt schon an zu schießen, aber er sieht es nicht, so sehr ist er in Gedanken bei seiner Bibliothek. Überarbeitet, nichts weiter. Und dabei könnte er's doch jetzt wirklich etwas ruhiger angehen lassen. Das schwarze Loch der Pension vermutlich. Heimweh nach seinem Beruf.«

Doch die Leute aus der Azaleastraat wussten es besser. Schließlich hatten mich alle auf dem Bürgersteig vorbeiziehen sehen, einen Lampenschirm auf dem Kopf.

»Hallo, Désiré! Neuer Hut?«

»Klar doch!«

»Sieht gut aus!«

»Muss ich doch, wenn nachher Omimi kommt.«

Hausarrest also. Doch wer aufmerksam bleibt, dem öffnet sich früher oder später stets eine Tür. Ich konnte entwischen, als Moniek einen Korb nasser Wäsche zum Trocknen in den Garten brachte. Zeit zum Nachdenken hatte ich nicht. Mir ordentliches Schuhwerk anzuziehen auch nicht. In Pantoffeln und Cordhose, meinem rot gepunkteten Hemd, ohne Mantel – alles in allem also immer noch in minimal vollständiger Montur – lief ich auf die Straße. Entschiedenen Schritts, planlos. Immer der Nase lang. Herrlich! Das Einzige, was mich abhielt, meine kleine Eskapade voll zu genießen, war das Bedauern, das mich mehr und mehr erfüllte, dass ich mir solche Impulse in der Vergangenheit viel zu selten gegönnt hatte.

Ich mied die belebteren Straßen, nahm Wege, wo Moniek mich vermutlich nicht sofort suchen würde. In der Nähe des Bahnhofs kam mir plötzlich eine Idee: Ich würde einen Zug nehmen. Den erstbesten. Ohne mir ein Ziel auszusuchen. Und ohne zu zahlen natürlich. Schließlich war ich sowieso bereits mehr oder weniger kriminell und auf dem Polizeirevier kein Unbekannter mehr.

Der erstbeste Zug war der nach Lüttich und kam damit für mich wie gerufen. Während meiner Armeezeit hatte ich einmal im Militärlazarett von Lüttich gelegen. Klingt dramatischer, als es war. Ein hundsordinärer verstauchter Knöchel, blau angelaufen und geschwollen, mehr nicht. Doch offenbar suchte man dort dringend menschliches Studienmaterial, so dass der Unteroffizier mich – angeblich zur Vorsicht – ins Krankenhaus bringen ließ. Wenn ich mir damit den blödsinnigen Drill vor Tag und Tau für ein Weilchen ersparen konnte, war mir dieser Marschbefehl natürlich nur recht. Und das konnte ich in der Tat. Vier Tage lang lag ich in Lüttich auf einem Zimmer, für mich ganz allein, befreit von allen widerlichen Kasernengerüchen. Rein symbolisch maß man mir in regelmäßigen Abständen die Temperatur und den Blutdruck. Ansonsten hatte ich meine Ruhe, fern von allem ordinären und großmäuligen Geschwätz, in dem die Jungs meiner Einheit brillierten. Kein Unterricht im Umgang mit Waffen, keine beängstigenden Theoriestunden über die Gefahren eines Atomkriegs. Einfach vier Tage lang Ruhe – und lesen! Von meinem Zimmer aus hatte ich einen Blick über das Tal und die mir völlig unbekannte Stadt. Keinen Meter ihrer Straßen habe ich gesehen, außer die paar hundert zwischen Krankenhaus und Bahnhof, am Tag meiner Entlassung, als der Oberarzt mich wieder für tauglich erklärte, das Vaterland zu verteidigen, und ich in die Kaserne zurückkehren musste. Dennoch spürte ich eine gewisse Beziehung, Vertrautheit, ja Sympathie für all die Häuser und Dächer, die während der vier geruhsamen Tage vor mir ausgebreitet gelegen hatten, und ich nahm mir vor, nach meinem Kriegsdienst irgendwann einmal dorthin zurückzukehren. Diese Stadt, so redete ich mir als pathetischer junger Mann nur allzu gern ein, hatte mir etwas mitzuteilen.

Ich musste einen Moment lang nicht aufgepasst haben – unversehens war ich alt und verbraucht. Mein Vorhaben, wenigstens *einmal* die »feurige Stadt an der Maas« zu besuchen, war unrealisiert geblieben. Rechtzeitig konnte der Zug darum niemals mehr kommen, aber einen Teil meiner Bringschuld könnte ich immerhin einlösen. Außer natürlich ich stieße auf einen übereifrigen Schaffner, dem es Spaß machte, einen armen alten Mann ohne Fahrschein aus dem Zug zu werfen.

Doch übertriebenen Berufseifer zeigte an dem Tag niemand, kein Schaffner weit und breit, und dreieinhalb Stunden nachdem ich in Pantoffeln von zu Hause entwischt war, stand ich auf dem Bahnsteig von Liège Guillemins, der in nichts an den Bahnhof erinnerte, den ich zuletzt in Soldatenuniform gesehen hatte. Eine Perle der modernen Architektur, über die ich zwar schon das eine oder andere gelesen hatte, die ich jedoch jetzt erst mit eigenen Augen erblickte. Wenn Gott ein Zug war, war dieser Bahnhof seine Kathedrale.

Vielversprechend, dieser Beginn meines Wiedersehens.

Vielleicht änderte ich genau deshalb mein Vorhaben: um den Zauber des Vielversprechenden nicht zu zerstören. Mein Auge fiel auf den Hochgeschwindigkeitszug nach Frankfurt, einen deutschen ICE. Pläne zu haben war für mich ohnehin schlecht, das schadete meiner Glaubwürdigkeit als Dementer. Also hops, auf in den Zug, und schnell, bevor die Türen zugingen! Diesmal sollte ich nicht lange warten müssen, bis jemand meine Fahrkarte sehen wollte. Logisch: ein internationaler Zug, noch dazu erste Klasse! Und so gäbe es wieder aufregende Szenen, und wieder würde die Polizei einen verwirrten alten Mann am Abend in der Azaleastraat abliefern.

Und tatsächlich: Auch Frankfurt bekam ich nie zu sehen.

Ich gehe über den Styx und packe ein: eine Tube Zahnpasta (kleiner Scherz am Rande), ein verirrtes Zitat von Joseph Roth, die denkwürdige Erinnerung an einen innigen Kuss, den ich nie bekam, Brotkrümel, einen schöneren Trost als den, den ich in einem Berliner Pfannkuchen fand, das Lied von Tante Bonanza …

*

Bingo, geschafft! Ich war mit Auszeichnung durchs Examen gerattert, den von vielen Vergesslichen gefürchteten MMS-Test. Es war ein solcher Triumph, dass ich mich beherrschen musste, der Ärztin nicht sofort ein Loch in die Decke zu springen. Einen schöneren Preis für Schauspiel kann es doch nicht geben (oder?) als den, dass der Demenzkranken-Darsteller auch offiziell als Demenzkranker anerkannt wird! Dass eine staatlich approbierte, medizinische Autorität ihn für nicht mehr voll zurechnungsfähig erklärt, worauf Dokumente erstellt werden, die ihm die Handlungsbefugnis in Bankdingen absprechen und seinen Führerschein für ungültig erklären. Dass man ihm Formulare zustellt, mit Stempeln und Paraphen versehen, die ihn von der Wahlpflicht entbinden, und seiner Frau Broschüren zu spezialisierten Altersheimen in die Hand drückt.

Champagner!

Zu Hause hatten meine Frau und die Kinder schon vor längerer Zeit damit begonnen, über mich zu sprechen, als sei ich nicht da. Ob nun ein Hund oder ihr Vater neben ihnen im Wohnzimmer saß, machte keinen Unterschied mehr. Charlotte hatte darauf gedrängt, mit mir einen Arzt aufzusuchen, und die gewiefteste Rhetorik aufgefahren, um Liebmütterlein zu überzeugen, dass man es nicht mehr geistig normal nennen konnte, wenn ich die Bananen mit Schale aß, so zerstreut ich von Natur aus auch sein mochte.

Sei ihr, der Mutter, überhaupt klar, dass man in der Nachbarschaft schon über sie rede? Herumerzähle, sie ließe ihrem kranken Mann die notwendige Pflege nicht zukommen?

Mehr brauchte es nicht, das entscheidende Argument war gefallen. Eine Woche später saßen wir alle, meine Frau, meine Tochter und ich, in der Praxis einer gewissen Frau Doktor Vancleemput, Spezialistin für menschliche Hirnwindungen.

Schwer zu sagen, was mir mehr Stress bereitet hat: mein erfolgreicher Abschluss als Bibliothekar oder fünfzig Jahre später das »Ungenügend« bei meinem Mini-Mental-Status-Test, kurz MMST, der letzten, vielleicht schwierigsten noch zu nehmenden Hürde. Denn wie zum Teufel sollte ich die gelehrte Wissenschaft hinters Licht führen? Wie einen Arzt davon überzeugen, dass ich nur noch ein herumirrendes Geisterschiff war?

Nun, das Täuschungsmanöver war leichter, als ich in meinen kühnsten Träumen gehofft hatte – einfach, weil die Wissenschaft noch nicht so weit war! In einer Horrorvision hatte ich mich schon in einem Behandlungszimmer mit Messdioden am Schädel gesehen, mit Nadeln und Drähten und was weiß ich nicht noch alles; Wunder des Fortschritts, die die Geheimnisse meines Hirns im Handumdrehen ausspucken würden wie ein Lausbub die Kirschkerne. Auch meine Frau hatte sich eine etwas aufwendigere Untersuchung vorgestellt als den Test, der schließlich durchgeführt wurde. Ein Hirnscan schien ihr das Mindeste. Aber, so versicherte die Ärztin, ein Scan bringe zwar vieles ans Licht, aber keine Demenz. Tumore, Thrombosen oder Hypothyreosen, dafür seien Scans außerordentlich nützlich, eine Krankheit wie Alzheimer jedoch bliebe auch mit den avanciertesten Mitteln vorläufig noch unter dem medizinisch-technischen Radar.

Ein Glück für die Ärztin, dass sie das Wort »Hypothyreose« benutzte, sonst hätte Moniek ihren Sachverstand gewiss gleich in Zweifel gezogen und sich ihr Diplom zeigen lassen, zum Beweis, dass sie so etwas wie eine Ausbildung hatte.

Trotzdem: Könne sie nicht wenigstens ein Literchen Blut abzapfen, um die Entscheidung über meinen Zustand einer Laboruntersuchung zu überlassen? Ein Stückchen Fleisch aus meiner Sitzfläche schneiden und unters Mikroskop legen?

»Vielleicht ist die Wissenschaft morgen oder übermorgen ja schon weiter, gnädige Frau. Wir arbeiten dran. Aber weder Blutuntersuchung noch Röntgen führen heute zu irgendwelchen genaueren Ergebnissen. Das Einzige, was wir vorläufig haben, ist dieser MMS-Test.«

»Diese Prüfung für Vollidioten, meinen Sie?«

»Wenn Sie das so nennen wollen …«

Ein Test für Idioten war es in der Tat. Ich musste ein paar lächerliche Fragen beantworten wie z. B. die nach dem Datum, der Jahreszeit, der Stadt und dem Land, in dem wir uns befanden. Dann hatte ich mir für ein paar Minuten ein paar simple Worte zu merken: »Baum«, »Wurzel« und »Lampe«. Die Ärztin formulierte einen unschönen, künstlich zusammengedrechselten Satz, den ich wiederholen musste, und ließ mich das Wort »Fürst« rückwärts buchstabieren. *Eine* Aufgabe ließ sie mich selbst lesen: Ich sollte ein Blatt Papier zusammenfalten und unter eins meiner Stuhlbeine schieben. Einige dieser Tests forderten wahrlich so wenig von einem Wesen, das sich seiner anderthalb Kilo Hirnkleister rühmte, dass ich es kaum wagte, *alles* falsch zu beantworten oder auszuführen. Ich musste auf der Hut bleiben und durfte mich nicht durch Streberei nach überdurchschnittlichen Bekloppheitswerten verraten. Nur bei der letzten Aufgabe, bei der ich zwei ineinander verschobene Fünfecke nachzeichnen musste, ertappte ich mich dabei, dass ich es wirklich schwer fand.

Mein Endergebnis war 17 von 30.

»Sehen Sie! Er hat bestanden!«

Meine Frau, in einem Ton, der bei uns zu Hause schon lange zur normalen Geräuschkulisse gehörte, zusammen mit dem Brummen des Kühlschranks.

»Bestanden, na ja … siebzehn von dreißig ist wirklich mehr als die Hälfte – wenn auch nicht *so* viel mehr –, das stimmt schon. Dummerweise bewirbt sich Ihr Mann hier aber nicht an einer Uni. Das Ergebnis bedeutet leider, dass seine kognitiven Funktionen schon stark eingeschränkt sind. Eigentlich kann ich Ihnen nur raten, ihn in einer Spezialeinrichtung unterzubringen. Und zwar so schnell wie möglich.«

Ich lächelte die Ärztin freundlich an, mit strahlendem Blick, wie ich hoffte. Hätte sie nur geahnt, wie glücklich sie mich mit ihrer Diagnose machte!

»Aber das kann doch nicht sein, Frau Doktor, Ihre Analyse liegt völlig daneben. Mein Mann war Bibliothekar! Um mit seinem Latein in Übung zu bleiben, spricht er's immer noch regelmäßig mit den Spatzen im Garten. Er hat eine Abschlussarbeit über Erasmus geschrieben. So jemand kann doch nicht …«

»Frau van Diest, hören Sie, diese Krankheit kann sich in jedem Kopf einnisten. Sie macht keinen Unterschied zwischen gescheit oder dumm. Ihr Mann braucht Hilfe, verstehen Sie? Er hat den Kontakt zur Umwelt verloren und ist durcheinander, im Grunde immens einsam und ängstlich. Dadurch wird er frustriert und in sehr naher Zukunft vielleicht sogar aggressiv. Er könnte Sie schlagen … und fester, als Ihnen lieb ist, glauben Sie mir …«

Oh, oh, oh, oh!

Immer noch die Ärztin: »Ich kann ja verstehen, dass diese Diagnose auch für Sie kein Zuckerschlecken ist, aber es wundert mich schon, dass Sie so überrascht sind, wenn man das fortgeschrittene Stadium der Krankheit Ihres Mannes bedenkt. In erster Linie muss jetzt *ihm* geholfen werden. Er selbst kann es nicht mehr. Darum versuchen

Sie bitte, sich etwas weniger wichtig zu nehmen. Es geht hier um ihn!«

Daraufhin wandte sie sich an meine Tochter und führte das weitere Gespräch mit ihr.

Denkwürdig, dieser Moment. Ebenso wie Monicks Mundwinkel, die mit einem Mal wie ein Senkblei herabfielen.

Im Auto dauerte es einige Zeit, bis jemand etwas sagte. Doch weil ihr Charakter und das Schweigen im Grunde noch nie miteinander kompatibel gewesen waren, war es natürlich Moniek, die vom Rücksitz aus als Erste ihr Sprachvermögen demonstrierte.

»So leicht möcht ich mein Geld auch mal verdienen wie diese Trulla! Wie lang sind wir insgesamt bei ihr gewesen, drin meine ich? Eine halbe Stunde vielleicht? Vierzig Minuten? Stellt deinem Vater ein paar blödsinnige Fragen, sagt: ›Er hat nicht mehr alle am Christbaum, macht 135 Euro, tschüs, vielen Dank auch!‹, und wir müssen das schlucken und können wieder abziehen. Also, wenn ich gewusst hätte, dass das so einfach ist, hätt ich meine besten Jahre nicht am Bügelbrett verplempert – dann wär ich auch Ärztin geworden!«

Charlotte ignorierte sie, tat, als müsse sie sich auf den stärker werdenden Feierabendverkehr konzentrieren und fragte nach einiger Zeit mich, der neben ihr saß: »Geht's halbwegs, Papa?«

Wobei sie kurz die Hand auf mein Knie legte.

Und ob es ging, hervorragend sogar. Für dement erklärt, ganz offiziell. Ein bald von der Pharmagilde vergötterter, regelmäßiger Abnehmer von Memantinpillen.

»Wie ist die Prüfung gelaufen? Hab ich bestanden?«

Wieder Stille. Kürzer, doch beklemmender als beim vorigen Mal.

»Bestanden, ja«, antwortete Charlotte. Ihre Augen waren feucht.

»Und welche Note?«

»Mit Auszeichnung!«

»Mit Auszeichnung? Echt wahr?«

»Echt wahr!«

»Dann lad ich euch ein! Los – wo wollen wir hingehen?«

Die Brasserie Vivaldi ist ein hervorragender Ort, ein Demenzergebnis zu feiern, obwohl für diese, wie wohl für die meisten Behauptungen gilt, dass sie leichter dahergesagt sind als durch ein Beispiel erwiesen.

Als Charlotte nach einer anstrengenden Fahrt ihr Auto endlich auf dem Parkplatz des Restaurants deponierte, rief ich: »Ha! Gehen wir essen? Tolle Idee!« Froh wie ein Kind.

Wir nahmen am Tisch neben dem Aquarium Platz, in dem ein versunkenes Schiff einen Schwarm Fische an seine entfernte Herkunft erinnerte und Sauerstoffbläschen aus einer Schatzkiste emporquollen.

Monieks Gesichtsausdruck schien sagen zu wollen: »So ein Unsinn, Geld für ein Restaurantessen auszugeben, wenn man grad halbwegs sein Todesurteil bekommen hat!« Worauf Charlotte, von Doktor Vancleemputs Bärbeißigkeit inspiriert, sie anblaffte: »Wenn du Papa nur eine Freude vermiesen kannst! Halt dich bloß ran, bald geht es nicht mehr!«

Wie ich schon sagte, ein fröhlicher Ausflug.

Ob wir einen Aperitif wünschten?

Ich schlug ein Gläschen Champagner vor, unterstützt hierin von meiner Tochter, während im Blick meiner gesetzlich Angetrauten immer dunklere Wolken sich zusammenballten. »Für mich nur etwas Wasser, bitte. Einfaches Wasser. Von mir aus auch gern aus der Leitung.«

In wenigen Tagen säße ich in einem Heim, und sie könnte nur noch sich selbst unglücklich machen. Offenbar war sie wild entschlossen, damit lieber schon gleich anzufangen.

»Auf deinen Geburtstag, Mama!«, prostete ich ihr schließlich zu.

»Auf deinen Geburtstag!«, spielte Charlotte mit. »Und dass noch viele schöne Jahre dazukommen!«

Hipp, hipp, hurra!

Wie üblich hatte Charlotte auf der Karte für sich nichts gefunden und fragte, ob man ihr in der Küche nicht etwas Vegetarisches zurechtmachen könne, egal was. Worauf ihre Mutter, Gekeif in F-Dur: »Kannst du nicht *einmal* normal essen, wie andere Leute auch? Du wirst bestimmt nicht gleich sterben, wenn du mal ein Stück Fleisch isst!«

Ungefähr sechzehn muss Charlotte gewesen sein, als sie uns aus heiterem Himmel die gemeinsame Mahlzeit madig machte, indem sie ausrief, sie wisse nicht, was an Massenhinrichtung und wohlorganisierter Folter von Tieren so appetitlich sein solle. Von Vegetariern hatten wir in den Jahren noch kaum je gehört. Ja, berufshalber wusste ich, dass die Schriftsteller Shelley und Shaw von den karnivoren Gewohnheiten unserer Spezies nichts hielten, doch das war Mitte des neunzehnten Jahrhunderts, als die schönen und weniger schönen Künste von morbiden Spinnern nur so wimmelten, und mehr als das konnte ich zu dem Thema nicht beisteuern. Okay, im Fernsehen hatten wir schon mal ein paar nackte Geschöpfe gesehen, die gegen das Tragen von Pelzen protestierten, kommentierten dabei aber vor allem, dass keins dieser engagierten jungen Dinger hässliche Brüste durchs Leben zu schieben hatte. Von unserem Sessel aus schien es uns jedenfalls kein allzu großes Opfer, der versammelten Öffentlichkeit die Vollendung ihrer weiblichen Formen zu präsentieren – für die gute Sache, versteht sich. Doch Vegetariertum, nein, das hatten Filmstars in jenen Tagen noch nicht für sich entdeckt. Oder jedenfalls nicht, dass wir wussten. Wir führten die Oppositionswut unserer Tochter auf ihr Alter zurück, das half uns zumindest, ihr Verhalten irgendwie zu erklären, doch ansonsten standen wir als besorgte Eltern ratlos daneben. Sowohl Moniek als auch ich waren traditionell in dem Glauben erzogen, dass Fleisch stark und gesund mache, und aßen Steaks – wenn wir sie uns leisten konnten –, um uns gegen Tuberkulose und andere Unbill zu feien, und auf einmal waren wir mit einem Kind geschlagen, das sich freiwillig das Beste der Kuh versagte! Unser Hugo war das genaue Gegenteil: Er musste sich zwingen, mal mit der Gabel in ein Stück Gemüse zu pieksen. Charlotte hingegen … Magersucht, sagte der eine. Die verwöhnte Generation, orakelte der andere. Eine modische Flause, wieder ein anderer. Und inzwischen hatten wir das Gefühl, als Eltern komplett zu versagen und fürchteten, Charlotte würde schon bald, von Blutarmut und Vitaminmangel geschwächt, von einem Krankenbett ins andere taumeln.

Es war einer der absoluten Tiefpunkte meiner Vaterkarriere – und ich fürchte, auch Charlotte wird sich so an diese Szene erinnern –, als ich in jener Periode tatsächlich einmal versuchte, sie zum Fleischessen zu zwingen (ein Stück Putenfilet). Dabei verkündete ich markig, lieber fiele ich tot um, als noch länger zuzusehen, wie sie ihre Gesundheit zum Teufel pubertiere.

Sie rührte das Stück Pute nicht an, und ich fiel nicht tot um. Charlotte hatte gewonnen und ließ seither alle bedenklichen Gesichter der Leute gelassen über sich ergehen, wenn wir irgendwo zum Essen eingeladen waren. Sie hatte sich daran gewöhnt, mit Käsekroketten zufrieden zu sein, wo die anderen gar nicht aufhören konnten, die Zartheit der Entenkeule zu preisen. Hilflose Köche meinten, ihr als Alternative halbe Eimer Eisbergsalat auftischen zu müssen. Geduldig ertrug sie Fragen wie: »Dürfen Sie Fisch essen?« oder: »Muscheln, sind das auch Tiere?« und blieb freiwillig der Mehrzahl der Gärten fern, wenn wieder die Grillsaison anbrach und die Menschheit sich in falscher Symbolik um ein paar Bratwürste vereinte.

Zig Tischkrisen weiter, nun im Vivaldi, hatte Moniek sich noch immer nicht mit der Haltung ihres längst erwachsenen Kindes versöhnt. »Nimm doch Huhn, das schmeckt genauso wie dein ewiger Tofu, hab ich mir sagen lassen! Dein Blut wird gar nicht wissen, wohin vor Freude!«

Der Kellner jedoch konnte Charlotte ein Moussaka mit Fleischersatz anbieten, das war immerhin schon mal besser als die übliche Käsekrokette.

»Ich bin nicht so kompliziert«, richtete Moniek das Wort

darauf an den jungen Mann. »Für mich einfach die Fleischbällchen. Normale Fleischbällchen in normaler Tomatensoße.«

Und weil mir selbstverständlich nicht mehr zugetraut wurde, für mich selber zu sprechen, bestellte Moniek gleich für mich mit, mein Lieblingsgericht: Steak in Pfefferrahmsoße, blutig gebraten, mit ordentlich gesalzenen Fritten.

»Nein, nein, nein«, rief ich dazwischen, »ich will auch das vegetarische Moussaka!«

»Wunderbar, ist notiert, das vegetarische Moussaka für den Herrn. Ist das alles?«

»Äh, noch ein Gläschen Champagner vielleicht? … Ja? … Meine Tochter nickt … Also zwei Gläser Champagner. Und ein Glas Leitungswasser für meine Frau. Vielen Dank!«

Wenn ich noch in meinem eigenen Haus sterben wollte, musste ich mich jetzt wirklich beeilen. Da war er nämlich, der lang ersehnte Moment, der Tag, an dem ich ins Altersheim zog, »Geriatriezentrum Winterlicht«, wie sich ein paar Stunden später herausstellen sollte. An einem gewöhnlichen Samstag, wie geschaffen zum Einkaufen, Fensterputzen, Autowaschen, Kinder zum Sport Kutschieren, Sperrmüll zum Recyclinghof Fahren. Aber nicht für mich.

Nebensächliche Veranstaltungen wie den Geburtstag seines Vaters betrachtete unser Hugo schon lange nicht mehr als Verpflichtung, seinem Elternhaus einen Besuch abzustatten. Vom Einzelhandel und sonstiger Wirtschaft gekaperte Feste wie Nikolaus, Muttertag oder Silvester ließen ihn erst recht kalt, und eigentlich beneidete ich ihn darum. Er war einfach nicht der gefühlsduslige Typ und führte ein vielbeschäftigtes Leben, in dem für Törtchen und Süßholzgeraspel mit seinen Erzeugern einfach kein Platz blieb. Hin und wieder brach Moniek deswegen in melodramatische Arien aus und warf ihrem Sohn Undankbarkeit vor, was seine Lust, uns zu besuchen, natürlich noch mehr dezimierte.

Jetzt jedoch war er da. Schlecht rasiert, aber er war da.

Vielleicht hatten seine Mutter oder seine Schwester an seine männlichen Fähigkeiten appelliert und an die Verantwortung, die damit einherging. Wenn auch kein junger

Spartakus mehr, eher ein Vierziger, der verzweifelt nach dem richtigen Kopfkissen zum Beheben seiner Nackenbeschwerden suchte – beim Auseinander- und wieder Zusammenschrauben eines Kleiderschranks konnte Hugo seiner Familie immer noch nützliche Dienste erweisen. Außerdem musste ein alter Fernseher vom Dachboden geholt werden, und auch das Einzelbett aus dem Gästezimmer sollte zusammen mit mir umziehen – alles Männerarbeit.

Wessen Idee es war, ist mir ein Rätsel, doch offensichtlich hatte man beschlossen, mein letztes Frühstück zu Hause im Familienkreis zu zelebrieren. Alle zusammen. Die Kinder, Moniek und ich. Ohne angeheiratete Unruhestifter. Nur wir vier.

Charlotte war mit verheulten Augen am Ort des Geschehens erschienen. Und einer Tüte Cremeschnecken, knusprig frisch und sogar noch leicht warm. Die Familie kannte meine Schwäche für Pudding. Bevor er sich auf den elektrischen Stuhl setzte, verlangte der Serienmörder Ted Bundy eine Portion Steak mit Eiern, Victor Feguer (»the last man Uncle Sam executed«) bevorzugte eine entsteinte Olive. Meine Henkersmahlzeit hätte aus einem Berliner Pfannkuchen bestanden, hundertprozentig. Mit Vanillecremefüllung (die Spielart mit Konfitüre mochte ich nicht). Nur um zu illustrieren, wie versessen ich auf diese göttlichen Dinger war. In meinem normalen, vordementiellen Leben hatte Moniek mir diese Leckereien jedoch so häufig wie möglich verboten: »Bist du noch nicht dick genug? Deine Arterien sind jetzt schon verstopft, von all dem Wein, den du in dich reinschüttest!«

Diesmal jedoch hielt sie den Schnabel.

Täuschte ich mich, oder hatte sie ein Beruhigungsmittel geschluckt?

Hugo presste Orangen aus, und nach dem Geschick, mit dem er einen Strahl Saft an die Decke spritzte, war es das erste Mal in seinem Leben. Im Hintergrund das Cellokonzert von Giuseppe Tartini, ein Musikstück, das ich eigentlich erst zu meiner Beerdigung wieder zu hören gehofft hatte. Meine Frau mochte Tartini nicht. Wie auch Bach oder Pärt oder Bruch. Mein Geschmack war ihr zu düster. Und erst recht gleich zum Frühstück. »Morgenkaffee und Beerdigungsmusik, na vielen Dank auch!«

Und ich, der ich mich nie aufgerafft hatte, mir Kopfhörer zu kaufen, der ich in meiner Rückständigkeit diese Dinger als das Symbol der neuen, asozialen Generation gesehen hatte – wie viel mehr Musik hätte ich genießen können …

Doch siehe da, in einem einzigen hilflosen Wiedergutmachungsversuch wurde auf einmal noch dem kleinsten meiner Wünsche entsprochen.

Auch jetzt erwies sich Charlotte als der Stützpfeiler unserer zerbrochenen Familie.

»Papa …«

»Ja?«

»Papa, weißt du, was heut für ein Tag ist?«

»Ja.«

»Was denn? Was haben wir vor?«

Ich schwieg einen Moment.

»Sag, Papa, was machen wir heute? Weißt du das?«

»Ja.«

»Wir bringen dich in ein Heim!«

Moniek hatte das Gespräch nicht länger ertragen und sich auf den Abwasch gestürzt.

»Es ist nur vorübergehend, Papa. Das musst du wissen: Es ist nur vorübergehend, und wir machen das, weil wir dich lieb haben und wollen, dass es dir gutgeht.«

»Ja.«

»Dein Kopf muss sich erst mal von dem ganzen Durcheinander der vergangenen Wochen erholen. Wenn alle Untersuchungen vorbei sind und es dir wieder bessergeht, kommst du einfach zurück nach Hause. Verstehst du?«

»Ja.«

Erstaunlich, wie geläufig das Kind zu lügen verstand, wenn auch in allerbester Absicht. Ich fragte mich unwillkürlich, wie oft sie mich früher wohl schon an der Nase herumgeführt hatte. Was für ein Talent für unschuldigen Augenaufschlag! Nun, natürlich war ich nicht die richtige Person, ihr deswegen groß die Leviten zu lesen.

Wir sollten mit zwei Autos fahren. Da Hugo Gefühlsausbrüche fürchtete, insbesondere das zu erwartende Geschluchze der Frauen, wenn ich zum letzten Mal aus der Hofeinfahrt fuhr, hatte er beschlossen, dass in seinem Auto das Gepäck transportiert werden sollte: drei Koffer mit Kleidung, vor allem Pyjamas und Trainingshosen, nebst der Einrichtung meines zukünftigen Zimmers. Charlotte würde Moniek und mich in ihrem Wagen mitnehmen.

»Alles verstaut, wir können los«, keuchte Hugo.

Eine Totenglocke hätte fröhlicher geklungen.

Nichts hielt mich mehr hier.

Die Nachbarn hatten strategische Posten bezogen, um bei meinem stillen Auszug anwesend zu sein. Der eine grub seinen Vorgarten um, der andere schob seinen Rasenmäher zum vierten Mal an dem Morgen über immer die gleiche Stelle. Viele von ihnen waren Altersgenossen und ungefähr zur selben Zeit mit uns in die Straße gezogen. Unsere Häuser sind ungefähr gleich alt. Wie unsere Körper. Unsere Kinder sind zusammen aufgewachsen, wir haben zur selben Zeit den ersten Aufruf zur Prostatauntersuchung bekommen und bei denselben Nachbarschaftsfesten darüber geredet. Dass ich in ein Heim zog, fanden sie irgendwo, in einer kleinen Kammer ihres Herzens, bestimmt traurig für mich; in erster Linie jedoch erfuhren sie es als eine Mahnung an sich: *ihr* Alter, *ihr* nahendes Ende.

Marie-Louise von Nummer 31 war die Einzige, die ungeniert auf dem Bürgersteig stand und fast ihr ganzes Taschentuch vollheulte. Auch ihr Körper bestand zu sechzig Prozent aus Wasser, das musste in dem Moment eben raus.

»Papa, setzt du dich neben mich? Und Mama hinten? Hugo fährt mit seinem eigenen Auto … Na, komm!«

Obwohl sie sich nur mit Mühe zusammenreißen konnte, schaute ich meiner Tochter direkt ins Gesicht und sagte: »Denkst du, du kannst mich reinlegen?«

»Wie meinst du das, Paps?«

»Wie ich das meine? Dass ich nicht so vertrottelt bin, wie du denkst, das meine ich!«

»Was ist denn?«

»Schau dir das Auto an, Charlotte! Was siehst du?«

»Ich sehe nichts.«

»Nichts, sagst du? Dann schau mal genau hin!«

»Ich sehe nichts, Papa, wirklich! Was soll ich denn sehen?«

»Der Wohnanhänger ist nicht am Haken! Fast wären wir wieder ohne gefahren!«

Mit voller Begeisterung geschah es nicht, doch zu guter Letzt kuppelte Hugo auf Befehl seiner Schwester den Anhänger ans Auto. Nebst der verlängerten Sicherheitsspiegel! Als wir nach langem Hin und Her endlich losfuhren, sagte ich zu Charlotte: »Schau, wie die Nachbarn da stehen und gaffen! Stinkneidisch sind sie. Wollen wir nicht hupen?«

Und von dem fröhlichen Getute ermutigt, drehte ich meine Fensterscheibe herunter und winkte wie wild der ganzen Azaleastraat zu. Worauf jemand, dreimal dürfen Sie raten, wer (Vorname reimt sich auf »Krieg«, Familienname auf »Biest«): »Ein Glück, dass Verrücktsein an sich noch nicht wehtut!«

Ich gehe über den Styx und packe ein: eine Tube Zahnpasta (kleiner Scherz am Rande), ein verirrtes Zitat von Joseph Roth, die denkwürdige Erinnerung an einen innigen Kuss, den ich nie bekam, Brotkrümel, einen schöneren Trost als den, den ich in einem Berliner Pfannkuchen fand, das Lied von Tante Bonanza, die Sehnsucht nach einem T-Shirt mit der Aufschrift: DAS LEBEN BEGINNT MIT 74! …

*

So, dies war es also, mein sauer erkämpftes, letztes Refugium: ein Zimmer von vier mal fünf Metern, ungefähr natürlich, nachgemessen habe ich es nicht. Zunächst fühlte ich mich ziemlich beleidigt wegen der schäbigen Möbel, mit denen Moniek es eingerichtet hatte. Sie konnte mir partout nicht verzeihen, dass sie aus meinem Gedächtnis entschwunden war, so gründlich und restlos, dass in meiner Hirnspelunke nicht mal mehr ihr Name existierte. Schlimmer noch: In meiner Erinnerung hatte es diese Frau, die da behauptete, mit mir verheiratet zu sein, niemals gegeben. Und dafür ließ sie mich büßen, mit einer billigen Matratze und einem altersschwachen, winzigen Fernseher.

Mein Kleiderschrank: ein wackliges, abgestoßenes Ding, das erst nach monatelanger Irrfahrt über diverse Trödelmärkte zu meiner Frau gefunden haben konnte. Nach und nach wurde mir klar, dass Investitionen in meinen Komfort offenbar nicht mehr lohnten und ich mein Recht auf anständige Qualität mit meiner Diagnose verspielt hatte.

»Wozu noch Geld für einen neuen, guten Kleiderschrank ausgeben? Er merkt es ja doch nicht mehr!«

Die Schönheit einer nüchternen Inneneinrichtung war Moniek nie zu vermitteln gewesen, was erklärt, warum jeder Quadratmillimeter in unserem Haus mit Vasen, Pfauenfedern, Gartenzwergen, Uhren und anderem Krimskrams zugestellt werden musste. Ihren Horror Vacui bekämpfte sie jetzt, indem sie mein kleines, sowieso schon beengtes Zimmer mit unzähligen Rähmchen vollstopfte. Und in diesen Rähmchen steckten natürlich Fotos von ihr. Moniek mit Ehemann. Moniek mit Kindern. Moniek mit Ehemann und Kindern. Moniek solo. Nicht ein einziger Schnappschuss war dabei. Als Eiskönigin der Pose ließ sie sich am liebsten in einem Dekor von Blumen und Sträuchern porträtieren. Auch hatte sie den eigenartigen Tick, diese Blumen und Sträucher vor der Kamera berühren zu müssen. Höchst dämliche Fotos ergab das: eine Frau, die stocksteif mit gefrorenem Zahnpastalächeln in die Linse stiert und unterdessen eine Mimose stranguliert.

Fotosessions mit ihr waren eine Qual für die ganze Familie. Alles und jeden kommandierte sie herum, befahl, wer wo und wie zu stehen hatte. Kein Scherz war erlaubt. Als unsere Kinder noch klein waren und vor der Kamera zum Spaß ab und zu mal die Zunge herausstreckten, betrachtete Moniek das als gemeinen Anschlag auf ihr persönliches Lebensglück.

»Soll man sich wirklich so an dich erinnern? Wie ein

schielender Otter? Also los, steck das Hemd in die Hose und guck mal normal! Eins, zwei, drei: Und hoch mit den Mundwinkelchen!«

Das war ihr Ausdruck: »Und hoch mit den Mundwinkelchen!«

Und alle mussten wir uns umarmen während dieser vermeintlichen Verewigungen häuslichen Glücks. Die wenigen Male, dass sie den Arm um mich legte, waren für ein Foto. Auch der jeweilige Fotograf musste ihre Befehle peinlichst befolgen. Ob mit oder ohne Blitz, welcher Blickwinkel geeigneter war, welche Fichten und Wolkenpartien mit aufs Bild durften, ob unsere Beine auch mit drauf sollten: Alles kriegte er von ihr zu hören, und gnade ihm Gott, wenn er ihre Instruktionen missachtete. Und als befänden wir uns noch in der Frühzeit der Fotografie, was sage ich, als stände nicht ein einfaches Familienmitglied mit einer einfachen Kamera da, sondern Diego Velásquez vor einer frisch grundierten Leinwand, dekretierte sie allen Anwesenden, bis zum Ende der Aufnahme regungslos stehen zu bleiben: »Luft anhalten, nicht bewegen!«

Die digitale Fotografie war für mich die eine Erfindung zu viel. Denn seither konnte Moniek das Ergebnis jeder Aufnahme unmittelbar kontrollieren. Und wollte es dann auch gleich wieder verbessern. Die Kerzen auf meiner vorletzten Geburtstagstorte zum Beispiel hatte ich geschlagene neun Mal ausblasen müssen, bis die Wiedergabe dieses an sich wenig epochemachenden Ereignisses ihren Segen davontrug.

All diese gekünstelten Bilder verlogenen familiären Friedens konnten mir daher gestohlen bleiben. Gleich beim ersten Besuch musste Moniek feststellen, dass ich alle, aber auch restlos alle Fotos aus ihren Rahmen geholt und durch Ausrisse aus alten Zeitschriften und Reklamen ersetzt hatte. Wo zuvor etwa meine Gattin, Handtasche unter die Achsel geklemmt, stolz vor dem Eiffelturm geprunkt hatte, steckte jetzt die Abbildung eines Parmaschinkens im Sonderangebot, 100 Gramm zu nur 1,99. Die Porträts unserer Enkel, ich korrigiere: die Porträts von Moniek mit den Enkeln ersetzte ich durch Aufnahmen von Auffahrunfällen, und statt unseres Hochzeitsfotos prangte jetzt das Luftbild eines südamerikanischen Slums. Der Pflegeleiter musste Moniek trösten und mehrfach betonen, dass ihr Gatte sie dadurch nicht mit einem Schinken verglich. Nicht wirklich jedenfalls. Meine Krankheit sei nun mal eine Kette unkalkulierbarer Grillen, meine Handlungen ohne erkennbare Bedeutung, unzusammenhängende Aktionen eines Mannes, der den Bauplan zur eigenen Persönlichkeit schon seit langem verloren hatte.

Das hatte der Pflegeleiter schön gesagt. Wirklich.

Schmählicher noch als die verlogenen Fotos hatte ich jedoch den religiösen Plunder gefunden, den Moniek mir kurz vor Toresschluss hier noch aufdrückte. Ein Kruzifix über meinem Bett, ausgerechnet! »Nutzt es nichts, schadet's doch nichts!« Und auf mein altmodisches Nachtschränkchen pflanzte sie eine grässliche Figur – Gips, nehme ich an – der heiligen Rita: Patronin der Hoffnungslosen. Vielleicht lag alldem aber auch eher Dummheit als böser Wille zugrunde, und Moniek war davon überzeugt, dass all die Götzendienerei sich in einer Irrenanstalt nun mal so gehörte. Doch jemand, und damit meine ich mich, der seinen Agnostizismus als eine Errungenschaft betrachtet, einer Gesellschaft abgetrotzt, in der Glaube niemals in Frage gestellt wurde, als das Ergebnis ausdauernden und mutigen Denkens, fühlt sich verhöhnt, wenn man ihm das Etikett »katholisch« aufklebt. Ja, ich fühlte mich von der Mutter meiner Kinder weltanschaulich betrogen und bedauerte es, nicht kurz aus meiner Rolle treten zu können, um diesen schrecklichen Irrtum beim Pflegepersonal aufzuklären. Denn nun habe ich den Salat: Auf der Warteliste des Todes stehe ich unwiderruflich als »gläubig« notiert! Ein Röcheln, ein wenig ausgehustetes Blut, und ein Pastor mit Brevier und Weihwasserwedel steht am Fußende meines auskühlenden Betts. Ich weiß nicht, wohin mich verkriechen vor Scham, wenn ich mir vorstelle, dass ich höchstwahrscheinlich ein kirchliches Begräbnis bekomme!

Zum Glück habe ich wenigstens schon früher – und ohne Monieks Wissen – testamentarisch festlegen lassen, dass es mir absolut wurst ist, wo meine sterblichen Überreste mal hinkommen, Hauptsache, nicht neben sie. Lange genug haben sie und ich wie zwei Leichen nebeneinandergelegen, dass wir das nicht auch noch im Tod fortsetzen müssen. Soll sie allein in ihrem Grabdenkmal liegen! Gut und komfortabel, wie sie sich's wünscht, unter ihrem geliebten Marmor, ihrem Kreuz, ihrem Brustbild mit Zahnpastalächeln und dem Pott Blumen, die sie für das Foto, das keiner mehr von ihr aufnimmt, nicht mehr antatschen kann.

Ohne mich groß als Ikonoklasten rühmen zu wollen – aber die Figur der heiligen Rita habe ich zerdeppert. Mit Besen und Kehrschaufel wurde die Patronin der hoffnungslosen Fälle zusammengefegt und ruhmlos in den Hausmüll geworfen, neben die Windeln und benutzten Spritzen.

Um mir den halbnackten Jesus vom Leibe zu schaffen, musste ich ein klein wenig mehr Schabernack treiben und mitten in der Nacht in markerschütterndes Heulen ausbrechen. Der Angstschub gehört sowieso zu meinen Krankheitssymptomen. Wie auch die Halluzinationen.

Tarzan war in meinem Zimmer und wollte mich umbringen. Hilfe! Hilfe!

Die mollige Sonja versuchte erst, mich zu beruhigen, ohne meine Angst dabei ins Lächerliche zu ziehen: Sie könne beim besten Willen keinen Tarzan entdecken. Vielleicht war er schon weg, konnte ja sein, denn unter meinem Bett steckte er auch nicht. Sie tröstete mich mit einem Bonbon, das sie mir unter die Zunge legte und nach dem ich Gott sei Dank auch gut einschlief.

Doch natürlich besuchte Tarzan mich wieder. Jede Nacht. Warum auch nicht, wenn mit dem Hackebeil drohende Indianer heulend ums Bett meiner Großmutter getanzt hatten?

»Da ist er! Tarzan! An der Wand, über meinem Kissen! Hilfe!«

»Aber Désiré, das ist doch nicht Tarzan. Das ist unser Herr Jesus!«

Was meinen Panikanfall natürlich nur noch verschlimmerte.

Man konnte mich nicht dauernd mit Spritzen und Pillen

flachlegen. Oder festbinden – eine entwürdigende Praktik, die zu meinem fassungslosen Erstaunen immer noch vorkommt und an Fuß- und Handgelenken gemein wehtut. Darum war schließlich das einfachste Mittel auch gleichzeitig das billigste und beste: Das Kruzifix wurde kurzerhand aus meinem Zimmer entfernt.

Und ich schwöre Ihnen: Tarzan kam nie mehr zurück.

Ein Radio, ja, das hatte ich von zu Haus auch mitbekommen. Als sie das Ding anschlossen und testeten, sprach gerade ein Kriminologe. Er behauptete, unsere Hauptstadt sei weniger gewalttätig, als die veröffentlichte Meinung uns immer wieder glauben machen wolle. Gewiss, in finsteren Gassen gebe es mitunter Tote zu beklagen. Und ja, nach einem Fußballspiel würden per SMS schon mal kleinere Bürgerkriege entfesselt. Und, wiederum ja, sowohl Busfahrer als auch Rentner würden für manchmal weniger als eine Handtasche zusammengeschlagen. Doch wer wirklich ermordet werden wolle, habe auf den deprimierenden U-Bahnhöfen der Hauptstadt wenig Chancen. Nein, für eine echte Gräueltat war es noch immer das Beste, in die Ehe zu treten. Die Wahrscheinlichkeit, mit dem eigenen Mörder verheiratet zu sein, war statistisch gesehen zig Male höher als die, ihm in einem Unbekannten in der Stadt zu begegnen. Die Ehe war in unserer Gesellschaft noch immer die größte Brutstätte des Verbrechens, bei weitem sogar, und trotzdem hörte man keine extreme Partei gegen diese jahrhundertealte, bürgerliche Institution hetzen! Im Gegenteil, sie wagten sogar, von der Familie als Grundpfeiler der Gesellschaft zu sprechen!

»Der Apparat funktioniert also noch«, murmelte Moniek, und ihr Finger auf dem Ein/Aus-Knopf brachte den Kriminologen zum Schweigen.

»Lass doch an«, gab ich mich plötzlich helle, »es war gerade so interessant!«

Ein lichter Moment, wissen Sie, den musste es ab und zu auch geben.

Fernsehen tue ich, wenn auch höchst widerwillig, um nicht aufzufallen. Weil man von Altersdementen erwartet, dass sie am liebsten vor flimmernden Bildern herumsitzen. Unterstützt von der Dumpfheit der meisten Programme, starre ich reglos und mit meinem dämlichsten Lächeln auf die fröhlichen Stimmungskanonen in der leuchtenden Kiste, bis ich davon einschlafe und man mir in meine Matratzengruft hilft.

Das Radio ist ein besserer Begleiter für jene, die den Tod zwar vorläufig noch wegstoßen, sonst aber schon alle Brücken zum Leben in die Luft gesprengt haben. Vor allem klassische Musik höre ich, ohne mich näher mit Beiwerk wie Komponist, Interpretation, Varianten und was weiß ich noch alles zu beschäftigen. Einfach der Musik lauschen, als existiere sie nur für sich und müsse nicht erst von Menschen gemacht werden. Herrlich. Dann finde ich es sogar ulkig, wenn ab und zu eine Pflegerin glaubt, mir zu Hilfe eilen zu müssen! Sie sieht mich da sitzen, vor mich hin dösend, und flugs bekommt sie Mitleid, weil ich die Qual einer Cellosonatine über mich ergehen lassen muss und es in meiner Unbeholfenheit offensichtlich nicht schaffe, einen anderen Sender zu wählen. Also geht sie, ohne mich um meine Meinung zu fragen, zum Radio und rührt wild im Äther, auf der Suche nach Melodien für die Meute. Trallala hoppsassa.

»So, Désiré, *die* Musik bringt dich doch gleich viel besser in Schwung, stimmt's oder hab ich recht?«

Sie meint es ja gut.

Mein treuester Gefährte ist seit kurzem überraschenderweise ein Hund. Pablo heißt er, obwohl viele Heiminsassen ihn mit den Namen der Hunde ansprechen, die sie selbst im Leben gekannt haben und die seit Jahrzehnten im Garten eines Hauses beigesetzt liegen, das schon bald unter sich hassenden Hinterbliebenen wird aufgeteilt werden müssen.

Ein gutmütiges Wollknäuel, haarig und klein, dieser Pablo, der vielen Alten noch einmal das Vergnügen bereitet, einem Lebewesen Liebe schenken zu können. Weder Sprachvermögen noch Feinmotorik sind nötig, und doch bringt er kleine Glücksfunken im Geist eines jeden hervor, der ihn streichelt. Ein hechelndes Antidepressivum auf vier zu kurzen Beinen. Wie ich gehört habe, beschäftigen inzwischen immer mehr Einrichtungen mit Erfolg Haustiere als Therapeuten. Der Preis einer Dose Hundefutter ist nichts im Vergleich zum – wenn auch erbärmlichen – Lohn einer Kraft in der Pflege. Und dann ist erst noch die Frage, was einem Menschen kurz vorm Erlöschen mehr Freude bereitet: ein stiller, zufriedener Genießer auf dem Schoß oder ein plärrender Arschabwischer mit vor Unterbezahlung vergrätzter Stimmung am Bett.

Selbst hatte ich nie einen Hund, obwohl meine Kinder

oft genug darum bettelten und ich insgeheim hoffte, sie würden den Machtkampf mit ihrer Mutter gewinnen. Leider hatte Moniek eine Tieraversion. Spinnen schnitt sie bei lebendigem Leib mit der Schere in Stücke oder saugte sie mit dem Staubsauger weg, solche Angst hatte sie vor ihnen. Hunde jedoch waren noch schlimmer: Die wurde man auch mit Schere und Staubsauger nicht los.

»Einen Hund? Der hat Zähne, der kann beißen! Außerdem bringt er nichts als Dreck und Bazillen ins Haus. Vielen Dank auch!«

Jetzt ist es herrlich, wenn Pablo bei einem Besuch von Moniek auf meinem Schoß sitzt. Sie aufschreien zu hören: »Désiré, tu das Tier weg, seine ganzen Mikroben kriechen dir in die Kleidung!«

»Wer bist du?«, frage ich dann immer. »Hier gibt's nichts zu holen, es ist alles auf der Bank. Also mach, dass du fortkommst, oder ich rufe die Polizei und hetz meinen Hund auf dich!«

Wenn sie meine Warnung ignoriert oder darüber lacht, kann ich immer noch den Laden zusammenkreischen, mein Angstschrei ist inzwischen berühmt. Das sind die Momente, in denen ich innerlich juble und weiß: Mein Abenteuer hat sich gelohnt.

Und hoch mit den Mundwinkelchen!

Fast hatte ich die Möglichkeit, ihr in diesem Leben noch einmal zu begegnen, völlig verworfen, als ich sie plötzlich erkannte: Rosa Rozendaal! Im Speisesaal! Ohne Zähne, im fahlgelben Morgenrock. Am Daumen lutschend, als wolle sie betonen, dass sie in den Zustand der Kindheit zurückgekehrt war. Niemand hätte geglaubt, dieser gähnend leere Kopf sei einmal der einer bildhübschen Frau gewesen. Einer Schönheit, nur in den Träumen jener gespeichert, die sie nie bekommen hatten. Wie ich. Aufmerksam studierte ich das Äußere dieses hoffnungslos gestrandeten Wracks, denn vielleicht hatte ich mich geirrt. Doch ich irrte mich nicht: Rosa, sie allein war es, die dort im Rollstuhl in einer Ecke des Speiseraums saß, Rosa, niemand anders, und ich weiß immer noch nicht, wo ich die Selbstbeherrschung herzauberte, nicht augenblicklich an die Decke zu springen vor Freude.

Viele Monate waren vergangen, seit man mir erzählt hatte, Rosa leide an Arteriosklerose und sei in ein Heim gekommen, damit ihre Umgebung sich schon mal daran gewöhnte, sie bald völlig vergessen zu müssen. Im Grunde war es also nur allzu wahrscheinlich, dass sie schon nicht mehr unter uns weilte. Aber schau an, da war sie! Rosa.

Meinen eigenen Alterungsprozess habe ich allmählich, über Jahre hinweg verfolgen können. Natürlich sehe ich jedes Mal eher einen verschrumpelten Apfel als ein Gesicht, wenn ich vorm Rasierspiegel stehe, und kann so gar nichts Schmeichelhaftes an mir entdecken. Doch das Bild meiner selbst als Klappergestell hat mich an sich nie beleidigt. Soweit ich weiß, trage ich in all meinen Träumen mein aktuelles Gesicht, meine *visage du jour*, und bin auch in Alpträumen immer genauso alt wie in dem Moment, da ich zu Bett ging. Noch *einmal* jung zu sein und mich, und sei es für eine winzige Weile, auch erneut so zu *fühlen*, ist somit ein Genuss, den nicht einmal der magisch-realistische Autor meiner Traumdrehbücher mir gönnt. Das Äußere dieses Mannes auf der anderen Seite des Spiegels hat sich im Gleichschritt mit meinen Ansichten und Empfindungen entwickelt; durch sein Aussehen drückt mein Gesicht genau aus, wie ich denke und wie ich mich fühle.

Kurzum: Ich habe mit meiner Hässlichkeit leben gelernt.

Jedes Mal, wenn ich mir meine Großmutter vorstelle, sehe ich sie als Frau um die sechzig vor mir – was dazu führt, dass das Bild, das ich von ihr hege, mittlerweile um einiges jünger ist als ich selbst.

Rosas Äußeres dagegen war in meiner Erinnerung in der Form konserviert, wie ich sie damals gesehen hatte, als wir auf dem Parkplatz des »Albatros« standen und mein Gestümper sie aus meiner Zukunft vertrieb. Ein Mädchen, fast Frau, im warmen, doch viel zu kurzen Frühling ihres Lebens, mit mächtiger Haarsprayfrisur, wie sie in jenen Tagen noch Pflicht war.

Lang vor dem ersten Computerprogramm, das das Altern eines Gesichts darzustellen vermochte, um vermisste Personen wiederaufzuspüren, amüsierte ich mich als junger Bursche damit, mir meine Freunde im Alter vorzustellen; wer von ihnen ein Glatze bekäme, wer graue Haare, wer am Stock ginge und wer sich gut halten würde. In meiner Phantasie verpasste ich ihnen Schnurrbärte, Buckel, zahnlose Münder. An Rosas Bild jedoch habe ich nie zu rühren gewagt. Das wäre Heiligenschändung gewesen.

Diese Arbeit hatte nicht meine Phantasie, sondern die Zeit übernommen.

Darum erkläre ich dem romantischen Halbstarken den Krieg, der behauptete, schöner als Schönheit sei Schönheit in ihrem Verfall. Denn Krieg hat er verdient. Oder zumindest eine bessere Brille. Denn natürlich ließ die Ausstrahlung dieses alten und vertrockneten Weibs sich in nichts mit den Gefühlsstürmen vergleichen, die sie über ein halbes Jahrhundert zuvor im Herz eines jeden gesunden Jungen ausgelöst hatte.

Schaute sie mich jetzt an, oder bildete ich mir das ein?

Rosa. Rosa pimpinellifolia. Rosa majalis. Rosa rubignosa. Rosa tomentella.

Außer mit Euphorie erfüllte dieses Wiedersehen mich jedoch auch mit einer gewissen Bedrückung. Ich persönlich konnte mit dieser Kulisse für mein Lebensende gut leben. Im Gegenteil, das mich umgebende Elend gehörte für mich einfach zum Spiel. Für Rosa jedoch fand ich es traurig, sie in diesem verwelkten Zustand ihre letzten Tage verbringen zu sehen. Könnte sie ein paar Schritte im Leben zurücktun, würde sie zweifellos einen Baum wählen, an dem sie sich zu Tode fahren könnte, um diesem erbärmlichen Ende zu entgehen.

Zumindest hätte ich ihr eine etwas luxuriösere letzte Anlaufstelle gewünscht. Doch andererseits, wenn man bedenkt, was schon diese vergammelte Einrichtung kostet: einen durchschnittlichen Monatslohn, Arzt- und Arzneikosten sowie Ausgaben für Windeln nicht mitgerechnet. Und die Schmutzwäsche muss man trotzdem den Kindern mitgeben. Für den mühsam zusammengekratzten Betrag liegt man dann, ist man zufällig einmal aus Bett oder Sessel gestürzt, manchmal bis zu drei Stunden auf dem eiskalten Boden, weil zu wenig Personal da ist, regelmäßig auf den Zimmern nach dem Rechten zu sehen. Kürzlich zum Beispiel hat mein Nachbar eine geschlagene Nacht nackt und laut lamentierend vor seinem Bett gelegen, bis im Morgengrauen die Weck- und Waschkolonne ihn aus der Misere erlöste. Herzzerreißend ist das, jemanden mit kaum noch Kraft in der Stimme um Hilfe greinen zu hören.

Oder Liesbeth aus Zimmer 16: Mundhöhlenkrebs. Dreimal täglich muss ihr Mundraum gereinigt werden, doch das wird oft vergessen, und nicht nur von ihr. Ihr Spuckbecher ist voller Eiterfäden und Fleischfitzel, die ihr von den Wangen abblättern, und wird bestenfalls einmal täglich erneuert. Dass sie nur noch mit Mühe kauen kann, ist der Küche nicht immer bekannt, so dass ihr schon mal ein sehniges Stück Fleisch serviert wird, mit dem festlichen

Spruch: »Schau, Liesbeth, was ich heut für dich habe: ein leckeres Steak! Spitz nur die Öhrchen, dann hörst du's noch muhen, so frisch ist es! Weil Sonntag ist. Lass es dir schmecken, Kind!« Und Liesbeth, die Ärmste, ist viel zu brav und voll blinden Respekts vor einem Heim, das immer noch offiziell unter Auspizien von Nonnen steht. Also hält sie den Mund und lässt das Steak unberührt auf dem Teller liegen. Und vielleicht hat sie recht? Vielleicht ist der Hungertod ja wirklich sanfter als der an Krebs.

Ab dem Moment, da ich Rosa entdeckt hatte, gab ich die hart erkämpfte Ruhe meines Zimmers auf und ließ mich ergeben vom Personal zu den albernsten Aktivitäten mitschleppen. Angesichts dieser Änderung meines Verhaltens erklärte der Pflegemanager meiner Frau:

»Ihr Mann hat sich in die neue, ihm fremde und erst wohl auch beängstigende Umgebung wunderbar eingelebt. Viele Neubewohner gehen zunächst davon aus, dass sie höchstens ein paar Tage bleiben, und verfallen in kaum noch therapierbare Depressionen, wenn sie merken, dass es für sie kein Zurück nach Hause mehr gibt …«

Ich dagegen verließ mein Radio gern zu einem Bingonachmittag oder, ebenso geisttötend, Mensch-ärger-dich-nicht, weil ich ja hoffte, dort Rosa zu treffen. Dass ich mich damit auf Glatteis begab, wird jeder verstehen. Solch ein infantiles Spiel birgt Fallstricke und damit die Gefahr, mich selbst zu entlarven. Eigentlich wusste ich auch nicht, ob ich bei meinem Krankheitsbild überhaupt in der Lage sein durfte, Annäherungsversuche zu starten. Wenn ich Rosa zu lange ansah, ja, sie geradezu stalkte und mich so oft wie möglich neben sie setzte, machte mich das nicht verdächtig? Keine Ahnung, doch ich blieb auf der Hut.

Bastelstunde? Ich war dabei! Wie auf Bestellung bepinselte ich Weihnachtskugeln, Ostereier und Karnevalsmasken, schnitt Girlanden aus, blies Luftballons auf oder zeigte wenigstens den Willen dazu (wobei ich natürlich darauf achtete, dass mehr Spucke als Luft im Ballon landete).

Am meisten jedoch freute ich mich auf das, was sie hier den »Vergissmeinnicht-Chor« nennen. Eine Neuerung im Pflegebereich. Denn seit Wissenschaftler entdeckt haben, dass die Lieder der Jugend auch in einem mottenzerfressenen Hirn noch lange lebendig bleiben, schießen überall in den entsprechenden Einrichtungen die Chöre aus dem Boden. Singen, mehr brauchen die Wiener Sängergreise dabei nicht zu tun. Erinnerungen an früher, Schlager und Melodien aus längst vergangenen Zeiten. Experten zufolge tue es gut, das Gedächtnis noch einmal intakt zu erleben, und aus dem Gesang schöpften die Alten Selbstvertrauen und Kraft. Dass jemand in der Kindheit im Chor gesungen haben könnte, einem *richtigen* Chor, meine ich, wo er hingebungsvoll Kantaten von Bach schmetterte, ist Pfleger Dirk, dem Dirigent unserer Singgruppe, noch nie in den Sinn gekommen. Sein Repertoire beschränkt sich auf die goldenen Hits, populären Kram, das Vergnügen der Kulturjunkfoodfresser. Gemeinsame Nenner sind selten sehr groß. Egal, ich behielt meine Kantaten für mich und jodelte fröhlich die Evergreens mit. Um zu meinem Erstaunen feststellen zu müssen, dass all die Texte – ohne dass ich mich dazu jemals angestrengt hätte – dem Wurmfraß in meinem Gedächtnis oft tatsächlich hervorragend getrotzt hatten.

Die Bastel- und Bingonachmittage wagte Rosa noch hin und wieder zu schwänzen (und das sprach für sie), doch sobald zum Vergissmeinnicht-Chor gerufen wurde, kam sie fast jedes Mal begeistert dazu. Bekam ich dann auch noch einen Platz neben ihr angewiesen, war ich der glücklichste Mensch auf der Welt und sang mit einer Inbrunst, die ich nicht mehr in mir vermutet hätte:

»Deinen Namen, den hab ich vergessen,
deine Küsse vergesse ich nie.
Deine Liebe schien mir damals vermessen,
doch seither ersehn ich immer nur sie.
Denn nach dir hat keine andre dein Bild je getrübt
mit dem Abschied von dir ging auch mein Glück.«

Ganz selten schauten Rosa und ich uns an, während wir diesen abgenudelten Schlager von Ray Franky schmetterten, und jedes Mal hatte ich dann den Eindruck, dass sie plötzlich keine dumpfe Topfpflanze im Rollstuhl mehr war, sondern ein glücklicher Mensch. Ihr Gesicht während dieser magischen Momente: ein Haufen Runzeln und fahler Haut mit einem seligen Lächeln. Von ihrem Gestern wusste sie nichts mehr, doch glücklich war sie, jedenfalls für die kurze Dauer des Lieds.

Ihre Küsse hab ich nie bekommen, ihren Namen vergaß ich doch nie.

Ihre Liebe hätt ich gern gewonnen, in meinen Träumen seh ich immer nur sie.

Anderes Thema!

Wer sich der Ideologie des gemeinsamen Singens natürlich auch sehr verbunden fühlte und immer noch fühlt, ist Lagerkommandant Alzheimer. Seine mit dem Tod kollaborierenden Beine empfindet er sichtlich als fahnenflüchtige Verräter, denn lieber als schlabbrige Pantoffeln trüge er zweifellos Stiefel und sänge all die Lieder nicht sitzend, sondern marschierend. Doch sobald im Vergissmeinnicht-Chor seine schlaffen Stimmbänder vibrieren, blüht er wundersam auf. Einmal in Fahrt, kennt er kein Halten und rattert allein sein etwas gewöhnungsbedürftiges Repertoire herunter:

»Wetzt die langen Messer auf dem Bürgersteig,
lasst die Messer flutschen in den Judenleib.
Blut muss fließen knüppelhageldick
und wir scheißen auf die Freiheit dieser Judenrepublik.«

Wie ich schon sagte: ein zutiefst glücklicher Mensch und der lebende Beweis, dass solch ein Chor der Dementen das Leiden betagter Tattergreise sehr preiswert zu lindern vermag.

Beendet werden die Chorsessions jedes Mal mit schlüpfrigen Liedern. Es ist kein Geheimnis, dass alte Leute die reinsten Pottsäue sind und ein brennendes Interesse für den Inhalt ihrer Unterhose an den Tag legen. Je exponierter ihre Funktion im früheren Leben, desto größer die Liebe zum frivolen Chanson. Ehemalige Lehrerinnen, aus einem Malariagebiet in die Heimat zurückgekehrte Missionare, Nachrichtensprecher, Amtsrichter, vormalige Minister,

Väter großer und gottesfürchtiger Familien: Ausnahmslos sind sie alle versessen auf jene Themen, die sie in der Öffentlichkeit jahrelang meiden mussten. Doch die Zeit kennt keine Gnade, einmal holt König Sanduhr uns alle, und dann nimmt die Natur sich das wieder, was die Kultur ihr abzuluchsen versuchte.

Größte Erfolgsnummer im geriatrischen Chor ist noch immer das berühmte »Lied von Tante Bonanza«, in unserer Jugend von betrunkenen Arbeitern gegrölt und von gottlosen Lausbuben gierig weitergesungen:

»Ihr Name ist Uschi und sie stinkt aus der Muschi: Tante Bonanza …«

Auch Rosa entlockte dieses Lied jedes Mal Stürme der Begeisterung, und die sieben folgenden Strophen sang sie fehlerlos mit, als hätte sie vorher auf ihrem Zimmer heimlich geübt.

Schade, dass wir mit diesem wunderbaren Chor niemals auftreten. Wie gern würde ich Moniek van Diest dann einmal im Publikum sehen!

Die Altengymnastik, begleitet von einem Akkordeon und einem tattrologischen Physiotherapeuten, hat mich nie besonders begeistert. Auch wenn ich dadurch eine Gelegenheit versäumte, Rosa wiederzusehen – es war mir zu anstrengend, meinen Bewegungsapparat dafür anzukurbeln. Lieber faul als erschöpft, sag ich immer. Außerdem wird man mit den Jahren nicht gelenkiger, und ich war es sowieso nie.

Mein Tag war bis vor kurzem der Freitag: Tanztag! Dann kam Lorenzo, die Quadratwurzel von Frank Sinatra, und klimperte auf seiner Hammond-Orgel Evergreens und langsame Klammerbluesstücke. Richtig tonsicher war er nie, doch das Filoubärtchen, hinter dem er einen Teil seines Babyface zu verstecken trachtete, versetzte die anwesenden Urgroßmütter jedes Mal in Entzücken. Es sollte mich nicht wundern, wenn mehr als eine Witwe ihn zum Alleinerben eingesetzt hätte, weil er ihr das bisschen Freude im Leben schenkte, das sie noch hatte: Lorenzo, der perfekte Pianist zum Fünf-Uhr-Tee.

Viel Unternehmungslust konnte man von keinem in meiner Situation mehr verlangen, also erwartete ich ergeben mein Schicksal und tanzte mit der Partnerin, mit der das Frohsinn mimende Personal mich jeweils verkuppelte. Meist landete ich in den Armen einer Pflegerin und schlurfte an sie gelehnt einen Slow. *Strangers in the Night*. Eines Tages jedoch würde man mir Rosa zuführen, und sollten die Medikamente ihr dann noch die Kraft schenken, für fünf Minuten aus ihrem Rollstuhl zu steigen, dann, ja dann würde ich sie in den Arm nehmen und mit ihr schweben. Einen Jive in tausend nie endenden Takten. Und wenn ich mir sicher wäre, dass keiner der wacheren Geister uns beobachtete, würde ich ihr ins Ohr flüstern: »Rosa, ich bin's: Désiré Cordier! Was meinst du – sollen wir kurz vor die Tür gehen, frische Luft schnappen? Viel zu heiß hier drin, findest du nicht …?«

Zwischen meinem sechzehnten und meinem dreißigsten Lebensjahr ging ich regelmäßig ins Theater und betrachtete alles, was dort gezeigt wurde, als Abstraktion des wirklichen Lebens. Heute versuche ich, mich über gewisse Momente dieses wirklichen Lebens hinwegzusetzen, indem ich sie wie Szenen einer Komödie betrachte. Manchmal ist das ganz praktisch. Wie kürzlich, als ich im Garten unseres Heims auf den Bus wartete – den Bus, der nie kommt. Die Sonne schien wie zur Folter all der Studenten, die in dem Augenblick irgendwo ihren Examensstoff büffelten, fast überall im Heim waren die Fenster geöffnet, und aus einem davon drang ein fesselndes Hörspiel an mein gespannt lauschendes Ohr. Eine kräftige Stimme, wie gemacht für Freiluftaufführungen und Wahlkampfreden.

»Ist das hier so üblich: Wenn ein alter Mann nicht mehr essen will, jagen Sie ihm die Nahrung einfach in den Arm?«

Bedauerlicherweise konnte ich die Antwort der Schwester nicht hören, doch aus der darauf folgenden Tirade ließ sich das gesamte Spektakel leicht rekonstruieren.

»Natürlich isst mein Vater nicht. Und warum – was meinen Sie? Hat er Probleme beim Schlucken? Nein. Kann er den Kiefer nicht mehr bewegen? Auch nicht! Was könnte also der Grund sein, junge Frau? Soll ich's Ihnen sagen? Oder nein, eigentlich hab ich's ja schon gesagt: Mein Vater isst nicht, weil er nicht *will*. Er will nicht – soll ich's wiederholen? Er will nicht essen! Nix, nada, niente! Und warum will er nicht essen? Weil er das Leben satt hat! Weil er sterben will, wenn Sie das besser verstehen. Darum. Unbegreiflich, dass Sie so was nicht sehen. Stockblind müssen Sie sein. Stockblind oder strohdumm. Und was macht ihr, wenn jemand den Mund zum Essen nicht mehr aufsperrt? Ihr jagt ihm alles in den Arm: Vorspeise, Suppe, Hauptgericht und Dessert, das volle Programm! Lass es dir schmecken, Opi! Dabei schauen Sie sich den armen Kerl doch mal an! Ärmchen wie Strohhalme, ganz violett von den Nadeln, die ihr ihm reingerammt habt. Man muss Folterknecht sein, um so was fertigzubringen. Und wenn mein Vater sich die Nadeln rausreißt, was, wie mir scheint, doch nur sein gutes Recht ist, dann bindet ihr ihn fest wie einen Verbrecher. Oder noch was Schlimmeres, denn hierzulande muss man's schon verdammt kriminell treiben, um der Freiheit beraubt und gefesselt zu werden … Was wollen Sie denn machen, wenn er keine freien Stellen mehr hat, wenn Sie ihm die Venen mit Ihren Kathetern endgültig zerfetzt haben? Wollen Sie ihm die Nahrung dann über den Hintern reinpumpen oder was …?«

Eine beeindruckende Szene, kraftvoll gebracht, die Fortsetzung konnte ich leider nicht hören, weil das betreffende Fenster in dem Moment geräuschvoll zuklappte.

Während dieser aufwühlenden Szene teilte ich das Wartehäuschen mit einem kleinen, hageren Mann – Mitte achtzig, nehme ich an. Ich kannte ihn vom Sehen aus dem Flur und dem Speisesaal. Manchmal nahm er am Mensch-ärger-dich-nicht-Nachmittag teil – oder was man so teilnehmen nennt: Mehr als ein wenig mit dem Oberkörper hin und her schaukeln und sich den Sabber vom Kinn wischen lassen trug er zur Unterhaltung nicht bei. Seine Füße steckten in Gesundheitssandalen, und auf Höhe seines linken großen Zehs befand sich im Strumpf ein mächtiges Loch. Das Einzige, was er noch zustande brachte, war, sich Zigaretten zu drehen und sie zu rauchen. Eine nach der anderen.

Er hustete.

Ich schaute ihn an und fragte: »Weißt du, wann der Siebenundsiebziger kommt? Ich muss pünktlich zum Klavierunterricht.«

»Immer sieben nach der vollen und vier nach der halben Stunde!« Er spuckte einen vom Tabak gefärbten Schleimklodder vor sich auf den Boden.

Eigentlich schien mir das ein gutes Ende für unsere Konversation, das interessanteste Gespräch, das ich mit einem Co-Insassen in Winterlicht je geführt hatte. Er selbst jedoch war offenbar anderer Meinung und brachte mich mit seiner nächsten Bemerkung komplett aus der Fassung.

»Du machst das echt falsch. Wenn ich du wär, wäre ich vorsichtiger, sonst kommen sie dir irgendwann auf die Schliche!«

Verrückte gibt's überall, hier natürlich erst recht.

»Wie bitte?«, fragte ich, mich nicht ganz wohl in meiner Haut fühlend.

»Man merkt, dass du markierst. Du trägst viel zu dick auf.«

»Wie meinst du das?«

»Wie ich es sage. Was du machst, ist Overacting. Wie ein drittklassiger Schauspieler. Dein Oberstübchen ist noch viel besser in Ordnung, als du's den anderen weiszumachen versuchst.«

»Wow! Heißt das, du also auch …?«

Unglaublich. Ich war völlig verdattert. Entlarvt von so einem schmuddligen, vertrottelten Typen.

Ich sagte: »Das warst doch du, der letzte Woche auf einmal im Adamskostüm am Frühstückstisch stand und heulte, weil deine Mutti dich nicht von der Schule abgeholt hätte?«

»Ab und zu muss man auch Opfer bringen!«

»Hut ab, das könnte ich nicht. So splitterfasernackt über den Flur zu spazieren, für mich wär das noch nichts.«

»Früher oder später wirst du wohl müssen, es ist eine wichtige Phase … Kackst du auch schon ins Bett?«

»Noch nicht jede Nacht. Ungefähr viermal die Woche. Echt eklig. Dafür hab ich schon mal auf den Vorleger gepisst!«

»Und deine Frau?«

»Die erkenn ich nicht mehr.«

»Und die Kinder?«

»Vollkommen Fremde, die jeden Samstag meine Schmutzwäsche abholen.«

»Gut so. Sehr gut.«

Und das mir, der ich dachte, alle Scherereien mit der Umwelt endgültig hinter mir gelassen zu haben. Da hält sich einer (braver Familienvater und Gatte, Steuerzahler, engagierter Mitarbeiter, distinguiert, ein unbeschriebenes Blatt) für den verwegensten Senior aller Zeiten, als Einziger verrückt genug, sich als dement auszugeben. Sein Vorhaben gelingt, selbst Ärzte kann er vom neurofibrillären Geklumpe in seinem Hirnkasten überzeugen, und er kommt mit erneuerter Selbstachtung triumphierend in dieses Spezialpflegeheim, nur um dort feststellen zu müssen, dass er *kein bisschen* originell ist. Heilige Scheiße, Mann!

Dabei begeisterte mich sofort der Gedanke, dass es jetzt ja mit zwei theaterspielenden alten Knackern nicht aufzuhören bräuchte, dass ich hier womöglich von mehr klaren Köpfen umgeben war, als ich dachte.

Womit sich unversehens zugleich die Möglichkeit präsentierte, dass vielleicht auch Rosa noch alle Tassen im Schrank hatte! Denn wie sie mich im Vergissmeinnicht-Chor manchmal ansah …

»Glaubst du, wir sind die Einzigen hier, die den Laden verschaukeln?«, fragte ich meinen überraschenden Waffengefährten. »Oder gibt's hier noch mehr?«

Denn wenn er mich schon durchschaut hatte, erschien es mir logisch, dass er auch die Echtheit der anderen in dieser Einrichtung gut einschätzen konnte. Doch er zuckte die Schultern.

»Der arme Kerl aus Zimmer 18 zum Beispiel, der quietschvergnügt Bilder aus *Miau!* ausschneidet, während seine Frau ihn mit ihrem Liebhaber besucht? Könnte der nicht auch zu uns gehören?«

Wieder zuckte mein Gegenüber die Schultern.

»Und dieser ehemalige KZ-Schinder?«, insistierte ich. »Walter de Bodt – oder Lagerkommandant Alzheimer, wie ich ihn immer nenne?«

»Schwer zu sagen.«

»Er hätte jedenfalls einen guten Grund, hier den Unzurechnungsfähigen zu spielen, meinst du nicht?«

»Noch mal: Ich hab keine Ahnung. Aber wenn dieser Kriegsverbrecher seine Krankheit nur faket, spielt er auf jeden Fall besser als du.«

Damit machte er sich an seine nächste Zigarette.

Obwohl ich mir vorstellen konnte, ihn mit meiner Neugier möglicherweise zu belästigen, konnte ich mich nicht zurückhalten, ihm die wohl nächstliegende Frage zu stellen.

»Du brauchst natürlich nicht drauf zu antworten, aber jetzt wüsste ich doch gern, was dich auf die Idee gebracht hat, hier den Demenzkranken zu spielen ...«

»Mittelmäßigkeit, nehme ich an.«

»Mittelmäßigkeit?«

»Dass ich wie alle bin und dem Ganzen noch *einmal* entkommen will, bevor es zu spät ist.«

»Wie meinst du das?«

»Die fünf häufigsten Vorwürfe, die Leute sich machen, kurz bevor sie ins Gras beißen, sind erstens: dass sie zu viel gearbeitet haben. Zweitens, dass sie zu sehr nach den Erwartungen der anderen gelebt haben. Drittens, dass sie ihre Freunde vernachlässigten. Viertens, dass sie sich selbst zu wenig glücklich gemacht haben. Und fünftens, dass sie ihre Gefühle zu wenig äußerten ... Der fünfte Punkt juckt mich persönlich weniger, aber in den anderen vier kann ich mich Pi mal Daumen gut wiedererkennen. Am meisten im zweiten ...«

»Das kann ich verstehen.«

»… Außerdem«, fuhr er fort, »wollte ich noch einmal richtig mit mir allein sein. In der Welt draußen muss man immer und überall reden. Reden, reden und nochmals reden. Und zuhören natürlich, oder zumindest so tun: Leuten, die wieder nur reden und reden, kreuz und quer durcheinander. Man hat familiäre und andere Verpflichtungen, was oft wieder auf Reden und Zuhören hinausläuft, und darauf hatte ich einfach keine Lust mehr, das ganze soziale Theater. Ich wollte endlich meine Ruhe und mit meinen Gedanken allein sein. Hier geht das mehr oder weniger. Es ist der einzige Ort, wo akzeptiert wird, dass ich keinen Kontakt mehr zur Außenwelt will. Meine letzte Chance. Und du? Wie bist du auf den Gedanken gekommen?«

Ich war mir nicht sicher, ob ich das einem Fremden gegenüber schon ausreichend gut formulieren konnte, und um Zeit zu gewinnen, bat ich ihn um eine Zigarette. Seit ich einundzwanzig war, hatte ich nicht mehr geraucht. Dabei rauchte ich seinerzeit gern, war als unsicherer junger Spund auch heilfroh, mir durch eine simple Zigarette eine Haltung geben zu können, und mochte eigentlich auch den Geschmack. Doch Zeiten und Bräuche ändern sich, und mit ihnen unsere Einstellung zum Tabak. Außerdem hatte ich eine Freundin, die sofort die Regie unserer künftigen Beziehung ergriff und von mir verlangte, mir dieses stinkende Laster abzugewöhnen. Es war ja auch ungesund, und man starb früher davon – obwohl mein kettenrauchender Kumpan hier nicht unbedingt ein schlagender Beweis war. Wie dem auch sei, nach über einem halben Jahrhundert steckte ich mir zum ersten Mal wieder eine Kippe zwischen die Lippen, und es war, als hätte ich die letzte erst vor kaum einer Stunde ausgedrückt, so vertraut fühlte alles sich an. Ich musste nicht husten, spürte nur einen leichten, alles andere als unangenehmen Schwindel. Ein äußerst geschmackvolles Erlebnis, das nach Wochen magerer und salzarmer Altenheimkost wirklich guttat.

»Okay, weißt du jetzt, warum du hier den ganzen Tag im Pyjama herumlungerst?«

Ja, jetzt hatte ich die richtigen Worte gefunden.

»*Das Leben schien schneller dahinzulaufen als die Gedanken*«, trug ich viel zu feierlich vor. »*Und ehe man einen Entschluss gefasst hatte, war man ein alter Mann …*«

Die Worte stammten nicht von mir, ich hatte sie von einer Romanfigur geborgt.

»Du musst wissen«, versuchte ich schnell, mich für diese – zugegeben etwas angeberische – Antwort zu rechtfertigen, »ich war Bibliothekar. Und das sehr gern. Bücher waren für mich immer wichtige Stützen, und ich fand es nie schlimm, meine Gedanken mit Hilfe der Worte von anderen auszudrücken. Ich selbst kann mit dem Zitat darum schon etwas anfangen.«

»Das ist das Wichtigste«, antwortete er trocken, »dass du damit was anfangen kannst.«

Bestimmt tat es ihm mittlerweile schon leid, das Gespräch mit mir überhaupt angefangen zu haben. Ich konnte es sehen. Trotz unseres gemeinsamen Schicksals wären wir im Leben, als es noch eines war, niemals Freunde geworden.

Seit Monaten hatte ich nichts anderes als Unsinn geredet, und auf einmal steckte ich mitten in einer Konversation, was ich zu meinem Erstaunen ausgesprochen anstrengend fand. Diese verlorene Übung im Umgang mit Sprache konnte sich noch als nützlich erweisen, wenn ich in Kürze meine aphasische und – was mich anging – letzte Lebensphase einläuten würde. Dem von mir gewählten Fahrplan entsprechend, musste ich mich langsam dahinterklemmen und meine Wortbibliothek in die Luft sprengen. Ich war neugierig, wie mir das gelingen würde.

»Kennst du Bohumil Hrabal?«, fragte ich, denn solange ich noch etwas sagen durfte, wollte ich das auch ausnutzen.

»Woher soll ich den denn kennen? Ich bin dement!«

»Ein Schriftsteller«, erklärte ich, »aus Prag. Mit Ende achtzig ging es mit seiner Gesundheit bergab, und er kam in ein Heim. Er soll dort ziemlich poetisch ums Leben gekommen sein: beim Vögelfüttern aus dem Fenster gestürzt. Eingeweihten zufolge hat er sich mit Rollstuhl und Nachttopf und allem aber absichtlich in die Tiefe geworfen. Ein freiwilliger Fenstersturz, was in seiner Stadt etwas mehr bedeutet als hier bei uns.«

Er unterbrach mich.

»Quatsch keine Opern, Professor, spar dir den Vortrag für später! Die dicke Pflegerin kommt – die, die immer so unter den Achseln stinkt, schon wenn sie drei dürre Weiber aus dem Bett gehievt hat. Bestimmt schreit sie gleich, unser Bus hätte Verspätung und ob wir nicht auf 'n Tässken Kaffee hereinkommen wollten.«

»Oh, der Bus hat Verspätung, sagst du? Verdammt, so lern ich nie Klavierspielen!«

Ich gehe über den Styx und packe ein: eine Tube Zahnpasta (kleiner Scherz am Rande), ein verirrtes Zitat von Joseph Roth, die denkwürdige Erinnerung an einen innigen Kuss, den ich nie bekam, Brotkrümel, einen schöneren Trost als den, den ich in einem Berliner Pfannkuchen fand, das Lied von Tante Bonanza, die Sehnsucht nach einem T-Shirt mit der Aufschrift: DAS LEBEN BEGINNT MIT 74!, mehr Hoffnung als Sicherheit, dass mich auf der anderen Seite jemand erwartet. Und weiter nichts.

*

Moniek van Diest war weißglühend, als sie mich bei ihrem nächsten pflichtschuldigen Besuch in der Kantine quietschvergnügt beim Rauchen erwischte. Eine Selbstgedrehte, aus Tabak, den mein herumirrender Kumpan mir aufs Zimmer gelegt hatte. Und dazu ein gutes, nun ja, wohl eher schlechtes Glas Wein. Erst da gab sie mich endgültig an die geistige Umnachtung verloren, obwohl sie erst noch die Heimleitung abkanzelte, weil mein asoziales Verhalten nur Folge einer zu starken und vor allem natürlich falschen Medikation sein konnte. Was seien sie für Ärzte, die ihren Patienten Alkohol und Tabak erlaubten! Eine Klage würde sie einreichen, beim obersten Chef der Ärztekammer, jawohl! Dann könnten sie sich warm anziehen in ihren Krankenhausplünnen, dann wären sie ihre Zulassung in null Komma nichts los und dürften sich einen Job bei der Müllabfuhr suchen!

»Sein Leben lang war mein Mann ein Intellektueller. Mit den Vögeln im Garten hat er Latein gesprochen, um es nicht zu verlernen. Und jetzt sitzt er da mit diesen verflixten Glimmstängeln im Mund, wie so eine abgerissene Gestalt aus der vierten Welt!«

Tja, ich konnte auch nichts dran ändern. Dass ich mit dem Rauchen aufgehört hatte, war mir schlichtweg entfallen. Ein typisches Krankheitssymptom, oder?

Nein, da war die Reaktion meiner Tochter bei ihrem letzten Besuch in ihrem spontanen Erstaunen schon viel menschlicher.

»Also jetzt sag mal, hast du früher geraucht? Davon hast du mir nie was erzählt. Ich hab auch nie ein Foto gesehen, wo du mit einer Zigarette drauf bist. Dabei hab ich in den vergangenen Wochen viel in deinen alten Alben geblättert.«

Darauf zündete sie sich selbst eine an. Sie brauchte sie nicht mal zu schnorren, sie holte die Packung einfach aus ihrer Handtasche. Eine Überraschung jagte heute wirklich die nächste. Denn das wusste wiederum ich nicht: dass *sie* rauchte!

»Das hätte ich nicht mehr gedacht, Paps, dass ich noch mal gemütlich mit dir zusammensitze und rauche. Na ja, gemütlich... übermäßig gemütlich ist es hier grade nicht! Was soll ich sagen, dieses Laster ist einfach so verdammt verführerisch, aber ich hab es mein Leben lang vor euch geheim gehalten. Das funktionierte so gut, dass ich mich manchmal schon fragte, ob ihr mein Gequalme in Wirklichkeit nicht bloß bewusst überseht … Kaum zu glauben, dass ihr nie was gemerkt habt, wenn ich mich zum Rauchen im Schuppen versteckte! Weil ich's da so gemütlich fand. Und weil die Zigarette so eine gute Freundin war für mich einsamen, verwirrten Teenager. Entweder rauchen oder mich mit Süßigkeiten vollstopfen – das waren die Alternativen. Ich glaube, ich hab mich fürs Richtige entschieden. War ja auch so schon verpickelt genug. Aber natürlich durftet ihr von dem Rauchen nichts wissen. Ich hab Kaffeebohnen gekaut, gegen den Geruch – ein alter Trick, auf den aufmerksame Eltern meiner Meinung nach nicht reinfallen, ihr aber offenbar schon. Mama hätte mir den Kopf abgerissen, wenn sie gewusst hätte, dass ihre so anständig erzogene Tochter sich zu diesem ›selbstmörderischen Genussmittel des Pöbels‹ erniedrigt. Bestimmt hätte sie mich ›Hure‹ genannt, so wie an dem Tag, als sie beim Waschen meine schwarze Unterwäsche entdeckte. Schwarze Unterwäsche *und* Rauchen, das wär zu viel gewesen. Wo sie eh schon wusste, dass ich mir hinter ihrem Rücken von unserm Hausarzt die Pille hatte verschreiben lassen. Schon da war ich für sie der Abschaum von Sodom und der erste Nagel an ihrem Sarg. Mit allem Möglichen hat sie dem Arzt gedroht. Er solle sich schämen, minderjährige, unverheiratete Mädchen ohne Wissen ihrer Eltern zu Perversitäten aufzustacheln. *Die* Leier, weißt du … Das war übrigens auch der Grund, warum sie damals den Hausarzt gewechselt hat. Du hast dich um das alles nicht so gekümmert, du warst bei deinen Büchern, und es war dir bestimmt zu heikel, mit deiner Tochter über solche intimen Dinge zu reden.«

Schluck.

»Vielleicht hast du ja mit Hugo die heikleren Themen besprochen, so von Mann zu Mann.«

Schluck.

»... Weißt du, ich war schon aus dem Haus und stand auf eigenen Beinen, wie man das so nennt, und ihr wusstet immer noch nicht, dass ich mir daheim die Bude blau quarzte. Eine Packung pro Tag, mindestens. Zu guter Letzt fand ich's dann aber besser, die seltenen Momente des Friedens nicht auch noch zu verderben, deswegen hab ich in eurer Anwesenheit eben auch weiterhin nicht geraucht. Es war auch ein guter Anlass, meine Nikotinration ab und zu etwas herunterzuschrauben. Neujahr und andere Feste mit euch kosteten mich regelmäßig sämtliche Fingernägel. Aber wenn ich meiner Sucht doch mal nachgeben musste und mit einer Ausrede vor die Tür ging, fand ich's rasend spannend, im Garten zu rauchen. Als wäre ich wieder sechzehn. Und jetzt sitze ich hier, eine erwachsene Frau, mein Alter fängt inzwischen mit einer fetten Vier an, fast einer Fünf, und ich rauche zum ersten Mal in Anwesenheit meines Vaters. Das ist doch absurd, oder?«

Absurd ... Wem sagte sie das?

In dem Augenblick wurde Rosa von einer eifrigen Jungpflegerin in die Kantine geschoben, um ihre Depressionen mit einer Tasse Kaffee und einem Stück Kuchen zu lindern. Änderung der Umgebung, und sei's nur vom Zimmer zur Cafeteria, tut Wunder bei einem vom Leben ermüdeten Geist. Warum bekam Rosa übrigens so selten Besuch? Wo war ihr Mann? Lag der schon unter der Erde? Und ihre Kinder, wo waren die? Oder hatte sie gar keine?

Sie biss in ihr Stück Rührkuchen und lachte kurz auf. Sie hatten daran gedacht, ihr das Gebiss reinzustecken. Immerhin.

»Du weißt nicht mehr, wer ich bin, oder?« Meine Tochter wieder zu mir.

Sie seufzte. Fasste abermals in ihre kolossale Handtasche, eine tragbare Vorratshöhle, aus der sie nach einigem Wühlen ein Feuerzeug holte. Die Zigarette, die sie mir anbot, konnte ich nicht ablehnen.

»Wenn du wüsstest«, fuhr sie in bemüht harmlosem Ton fort, »was für ein Geschenk ein Ort wie dieser mittlerweile ist. Ich kenn keinen öffentlichen Raum im ganzen Land mehr, wo man drinnen noch rauchen darf. Ist ja auch logisch: Versuch einem Dementen, der sich im Kopf irgendwo im letzten Jahrhundert befindet, mal klarzumachen, dass man neuerdings nur noch von Passivrauchen spricht und dass das angeblich der Volksgesundheit schadet! Dir erklärt das keiner mehr, nehme ich an, warum man sich heutzutage wie ein bestrafter Schuljunge in Wind und Wetter vor die Tür stellen muss, bloß um mal eine Zigarette zu rauchen.«

Noch immer schaute ich zu Rosa, auf das letzte Stück Kuchen, das langsam zwischen ihren Lippen verschwand.

Als ich wieder den Mut hatte, meinen Blick mehr oder weniger in Charlottes Richtung zu lenken, sah ich ihre Augen feucht glänzen. Eigentlich hätte ich darauf vorbereitet sein müssen, doch mit einem Schock wurde mir erst jetzt klar, dass sie mich ansah wie zum letzten Mal. Sie war gekommen, um Abschied zu nehmen! Eigentlich hatte sie das längst getan. Schließlich war mein früheres Ich schon seit einiger Zeit auf und davon. Sie ertrug es einfach nicht mehr, jemanden zu besuchen, der sie nicht mehr erkannte. Der einzige Mensch, der der von ihr ersehnte Vater hätte sein können, war im Nebel seines eigenen Vergessens verschwunden. Dies war ihre letzte Visite bei mir, der letzte symbolische Besuch in diesem Trauerhaus, um dem Ganzen einen würdigen Abschluss zu geben. Das sah ich. Ich spürte es. Und musste ihr innerlich natürlich recht geben. Mein Sohn hatte den Bettel schon viel früher hingeschmissen.

(»*Ob ich da nun neben ihm sitze oder nicht – er weiß ja doch nicht mehr, wer ich bin. Manchmal glaub ich sogar, meine Besuche machen ihm mittlerweile mehr Angst, als dass er was von mir hat …*« Ich hörte es ihn sagen.) Und ab morgen würde sich also auch Charlotte mit diesen Phrasen vor ihrem Gewissen für ihren verfrühten Abschied zu rechtfertigen versuchen.

(»*Ich wollte ihn so in Erinnerung behalten, wie ich ihn gekannt habe, nicht als den Wildfremden, der er zuletzt immer mehr wurde.*«)

Von meinen Boulekumpeln hatte sich noch keiner bei mir gemeldet. Ehemalige Kollegen oder Nachbarn ebenso wenig. Mein Bruder? Fehlanzeige! Warum sollten sie auch. Abgesehen vom Sterben selbst war ich schon tot. Eine leere Hülle auf einem Nachtstuhl. Wenn jetzt auch meine Tochter es nicht mehr über sich brachte, mich zu besuchen, blieb nur noch Moniek. Meine einzige und letzte Verbindung zum Leben. Doch auch die ließ sich kappen.

Und die ganze Zeit redete Charlotte auf mich ein, unaufhörlich. Nicht weil sie noch auf so etwas wie Kommunikation hoffte, sondern weil heute Nachmittag das letzte Mal war. Der Form halber. Und weil wir Menschen so verdammt schlecht im Abschiednehmen sind.

»Das geht uns ganz schön an die Nieren, Paps, deine Krankheit, weißt du? Mir besonders. Hugo lässt es nicht so an sich rankommen – zu viel zu tun an der Arbeit und mit den Schulleistungen der Kinder, du kennst ihn. Erst wollte Mama es sich mit dem Umzug in die Stadt noch mal überlegen, aber jetzt hat sie sich entschieden. Ende des Monats zieht sie um, am Samstag. Ein schönes Apartment, muss man echt sagen. Mitten in der Stadt, alles, was sie braucht, direkt um die Ecke. Aber sie will nicht kapieren, dass sie in Zukunft weniger Platz hat, und sich von nichts trennen, nicht mal von dem Zeug, das schon seit Jahren auf dem Dachboden vergammelt. Kleider, die ihr längst nicht mehr passen und auch nie mehr passen werden. Nimmt sie alles mit. Sagt nur ständig: ›Hast du eine Ahnung, was das damals gekostet hat?‹ Drei Kisten mit Zeichnungen von Hugo und mir aus dem Kindergarten, Heringe von einem Zelt von anno Tobak, irgend so 'n potthässliches Elfenbein-Ding… Muss alles mit! Und es wird nicht besser! Jetzt soll ich mit ihr zu Verschoten, um einen Schrank für ihre Küchenhandtücher zu kaufen. Sie muss Schränke wegschmeißen, nicht neue anschaffen, verdammt! Aber das will sie nicht einsehen. Und dann schnauzt sie mich an: ›Du bist genauso schlimm wie dein Vater, der wollte auch nie Schränke mit mir kaufen…‹ Und unser Hugo lacht sich derweil scheckig… Eigentlich denk ich, dass mir ein paar Scheißjahre bevorstehen, in denen ich mir den Arsch aufreißen kann, ohne dass mir's irgendjemand dankt. Am liebsten würd ich jetzt einfach auf den Fast-Forward-Knopf drücken, die Jahre machen doch keinem Freude, mir nicht, euch nicht, niemandem.«

Ein passender Moment für einen Furz, fand ich.

»Wusstest du, dass Mama die Musik für deine Beerdigung schon ausgesucht hat? ›Song For Guy‹ von Elton John. Soviel ich weiß, hast du das nie gemocht und kriegst von drei Noten Elton John schon die Krätze, aber okay, was soll ich machen? Ich hab zu ihr gesagt: ›Mama, eigentlich ist das eine musikalische Liebeserklärung von zwei Schwulen, ich weiß nicht, ob das für Papas Beerdigung das Richtige ist.‹ Aber davon will sie nichts hören. Dass du einen Teil deines Lebens damit zugebracht hast, eine ordentliche Klassikabteilung in eurer Bibliothek aufzubauen, spielt für sie keine Rolle. Wie letztlich nichts in einem Menschenleben am Schluss noch eine Rolle spielt. Vergiss Tartini, vergiss Schubert – ›Song For Guy‹ soll es sein, und damit basta!«

Ein noch besserer Moment für einen Furz, doch mein Orgelgebläse ließ mich im Stich und gab keinen Ton von sich.

In der Cafeteria herrschte inzwischen helle Aufregung, weil der junge, gutaussehende Kukident-Vertreter sich angeblich irgendwo im Gebäude befand. Und tatsächlich, schaute man aus dem Fenster, konnte man auf dem Parkplatz seinen Wagen stehen sehen, mit der Aufschrift: KUKIDENT – UND SIE KÖNNEN WIEDER LACHEN! Das weibliche Personal begann zu tuscheln und zu kichern, Patienten wurden auf dem Flur auf und ab geschoben, in der Hoffnung, dort dem Verkaufsadonis quasi zufällig über den Weg zu laufen.

Am Tresen holte Fräulein Tochter sich noch ein Glas Wein (mich vergaß sie leider). Sie wirkte erschöpft. Schminken war ihr übrigens auch zu viel Mühe gewesen. So wie immer.

»Pascal und ich, wir gehen auseinander«, platzte sie plötzlich heraus, nach einem Schluck aus dem Glas, als sei es Limonade.

»Du bist der Erste, dem ich es erzähle, aber ich glaube, du kannst ein Geheimnis für dich behalten.«

Oh, und sogar noch Humor!

»Ich weiß, du hast Pascal immer gemocht. Er dich übrigens auch, er fand dich eine Seele von Mensch und fühlte sich bei dir wie ein richtiger Sohn. Aber es lässt sich nicht ändern. Nicht, dass was Schlimmes zwischen uns vorgefallen wäre, im Gegenteil. Er ist das Beste, was mir je passiert ist. Trotzdem, es geht einfach nicht mehr. Ich hab mit jemandem geschlafen, den ich niemals so lieben werde wie ihn, früher, aber ich bereu's nicht … Es ist zu kompliziert, das jetzt alles zu erklären. Vielleicht hätte ich nicht davon anfangen sollen. Aber ich will schon mal üben dafür, wenn ich's Mama erzählen muss … Na ja, irgendwie ist alles momentan ein ziemliches Chaos …«

Ihr Glas war ausgetrunken.

Sie nahm meine Hände und drückte sie fest.

»Paps«, sagte sie, »Papa, schau noch mal her, schau mich ganz kurz noch mal an!«

Und ich wusste wahrhaftig nicht, wie ich meine Gefühle im Zaum halten sollte. Rosa Rozendaals Anblick hatte mir geholfen, doch inzwischen hatte man sie wieder auf ihr Zimmer bugsiert.

»Du weißt *wirklich* nicht mehr, wer ich bin, was?«, wiederholte sie. Über ihre Wangen kullerten Tränen.

»Mathilda!«, quiekte ich da, triumphierend: »Mathilda, ich wusste, dass du mich eines Tages hier rausholen würdest!«

Sie zuckte zusammen, stand auf und legte eine volle Packung Zigaretten vor mich auf den Tisch, küsste mich lang auf die Stirn und verschwand, ohne noch etwas zu sagen.

Und wie ich geahnt hatte: Sie kam nie mehr zurück.

Rosa Rozendaal ließ sich immer seltener blicken. Ihre Stimme wurde im Vergissmeinnicht-Chor nicht mehr gehört, was auch meine Begeisterung mehr Richtung Moll stimmte, und ich musste mich zwingen, mich noch weiterhin zu dieser debilen Veranstaltung zu schleppen. An den Tanznachmittagen mit Lorenzo nahm sie ebenfalls nicht mehr teil und verließ ihr Zimmer auch zu den Mahlzeiten nicht. Kein Osterei wurde mehr von ihr gefärbt, kein Pablo auf den Schoß genommen.

Bis es mir klar wurde: Rosa war nicht mehr! Wahrscheinlich hatte sie uns in dem einen oder anderen Mittagsschläfchen verlassen, heimlich und leise wie eine vollendete Dame, und Aischa hatte sie gefunden, als sie sie zum dünnen Nachmittagskaffee mit einer Madeleine wecken wollte oder zur Pediküre.

Wenn ich manchmal sehe, wie fröhlich die Altenpfleger ein Zimmer betreten, frage ich mich, ob ihnen klar ist, dass sie auf der anderen Seite der Tür womöglich eine Leiche erwartet. Erschrecken sie noch ab und zu? Oder gewöhnt man sich an die Allgegenwärtigkeit des Todes so sehr, dass man die Verblichenen – übertrieben gesagt – achtlos aufs Kehrblech fegt? Fast möchte man es sie fragen.

Nein, Rosa ist seit langem nicht mehr gesehen worden, jedenfalls nicht von mir, und ich fürchte, dass ich mich in dieser Hinsicht keinerlei Illusionen hinzugeben brauche. Man hat sie tot aufgefunden, was eine beinah geräuschlose, auf jeden Fall routinierte Maschinerie in Gang setzte. Zunächst den mysteriösen Rollwagen, der Flur C des Gebäudes entlangzuckelte und auf dem sich zur Abwechslung einmal kein Exelon, Reminyl, Ebix oder andere Leckereien für den rettungslos Verlorenen befanden, sondern Produkte etwas anderen Kalibers. Eine Flasche Aerodor zum Beispiel, der Luftreiniger für jeden Aufbahrungsraum, weltweit gerühmt von Bestattungsunternehmern wie Leichenbeschauern für seinen erfrischenden Hauch von Zitrone.

Was steht noch auf dem Wagen, dem letzten, der zu uns ins Zimmer gerollt wird? Die berühmten Swash-Tücher natürlich, dazu bestimmt, die sterblichen Überreste zu säubern, ohne die Talgschicht der Haut anzugreifen. Nur der Schambereich wird mit Seife gewaschen, damit die Leichenfeier nicht geruchsbedingt auf einem Fischmarkt stattfinden muss. Um das wenig appetitliche Lecken von Körperflüssigkeit zu verhindern, werden »Fluffstreifen« eingesetzt, in der Regel eine Arbeit für Praktikanten, die immer wieder für Heiterkeit sorgt und allerlei derbe Witze auf den Plan ruft. Fluffstreifen (das Wort lernte ich erst hier in Winterlicht kennen) haben die Eigenschaft, sich bei Kontakt mit Feuchtigkeit auszudehnen und auf die Weise allerlei übelriechende Öffnungen zu verschließen. So können sie zum Beispiel mit der Pinzette im Hals des Verstobenen appliziert werden, damit keine Leichensäfte heraussuppen. Das kommt vor, jawohl. Halstampons dienen dem gleichen Zweck, dichten aber weniger gut.

Darum: Weg mit den Halstampons, die Zukunft gehört dem Fluffstreifen!

Auch eine Schachtel Inkontinenzhilfen steht auf dem Wagen – obwohl die meisten hier gleich in der passenden Sicherheitsnachtwäsche sterben. Ebenso Vaseline, um den Lippen ein etwas weniger morbides Aussehen zu geben. Und Schminkutensilien natürlich, damit man den Toten die Illusion frischer Wangen ins blutleere Angesicht pudern kann. Und nicht zu vergessen: die unentbehrliche Kukident-Haftcreme, mit der dritte Zähne in einem verzogenen Mund festgeklebt werden. Schließlich findet nicht jede Familie es lustig, wenn dem frisch aufgebahrten Opa während des letzten Grußes, des pastoralen Blabla der Totenwache, plötzlich die Zähne – pladauz! – aus dem Mund flutschen.

KUKIDENT – UND SIE KÖNNEN WIEDER LACHEN!

Nicht mehr üblich dagegen, so hörte ich den Stationsleiter kürzlich im Nebenzimmer einer Gruppe kichernder Pflegeschüler erklären, sei es, die Augen des Toten mit Sekundenkleber zu schließen. In der Vergangenheit war das in manchen Pflegeheimen durchaus gängige Praxis. Ein probates Mittel gegen unerwünschtes Wiederöffnen der Lider. Denn es komme ab und zu schon mal vor, dass ein Hinterbliebener dem Verstobenen noch mal in die Augen sehen wolle, und dann stehe man dumm da mit der ausgedrückten Leimtube. Dann könne man auch noch einen Handwerker suchen, um Großväterchen wieder präsentabel zu machen!

Wie Schmuggelware wurde Rosas Körper danach vermutlich durch die Hintertür nach draußen gebracht. Ohne großes Tamtam. Und das war's dann.

Verdammt, sie ist gegangen, ehe ich sie zum Tanz auffordern konnte! Bevor ich meine Pantoffeln zwischen ihre schieben und ihr zuwispern konnte: »Rosa, da draußen gibt es ein Wartehäuschen. Bus 77, Richtung Vergangenheit, zum Tanzsaal ›Albatros‹. Wenn du willst, können wir den zusammen nehmen.«

Es hat nicht sollen sein.

Seitdem spiele ich meine Rolle, wie sich's gehört: ohne Wenn und Aber. Ich komme kaum noch aus meinem Sessel. Ich sitze da und starre ins Nichts. Essen tue ich so gut wie nichts mehr, und wenn das Personal mich nicht zwänge, ab und zu einen Schluck Wasser zu trinken, bekäme ich Nierensteine, groß wie Clementinen. Ich heule herzzerreißend und viel, ansonsten schweige ich verstockt, ich spreche mit niemandem. Meine Füße hebe ich so langsam, dass man mich für jeden Ortswechsel einfachheitshalber in einen Rollstuhl verfrachtet. Ich bekomme neue Pillen in fröhlichen Farben. Wozu sie dienen, interessiert mich nicht mehr, wenn sie nur nicht zu dick sind, sonst schlucke ich sie brav. Die mollige Sonja probiert mich noch manchmal aufzuheitern und versucht, mich mit einer Schüssel Brotkrümel aus dem Zimmer zu locken. Sie weiß, wie gern ich die Vögel und Enten im Garten immer damit gefüttert habe. Ich belausche ein Gespräch der Ärzte mit meiner Frau: dass sich mein Zustand jetzt rasenden

Schritts verschlechtere und sie sich auf mein baldiges Ende gefasst machen solle. Mein Wagen mit Aerodor und Kukident steht schon bereit.

Die Patienten haben es natürlich nicht gemerkt – die Patienten hier merken nie was –, doch eines schönen Morgens stand der Parkplatz des Heims voller Übertragungswagen der unterschiedlichsten Nachrichtensender. Inhaber von Presseausweisen versuchten, ins Gebäude einzudringen, lauerten mit ihren phallischen Fernsehkanonen auf den Gegenstand ihres massiven Interesses und versuchten, Stimmungsbilder einzufangen, von Bewohnern, die angeblich feig hinter Gardinen versteckt säßen, dies alles zur großen Wut des Direktors, der für die Intimsphäre seiner Schutzbefohlenen kämpfte. Kein Angestellter des Heims konnte das Gebäude verlassen oder betreten, ohne sich augenblicklich einer Phalanx von Mikrophonen gegenüberzusehen.

Es war offensichtlich, dass alle Mitarbeiter, inklusive der Putzfrauen, wie auf Eiern liefen und dass Unwetter drohte; es musste eine Krisensitzung gegeben haben, bei der jeder ermahnt wurde, das Berufsgeheimnis bei Todesstrafe zu wahren. Die Singstunden im Vergissmeinnicht-Chor wurden vorübergehend gestrichen, die Bingo-Nachmittage fanden nicht statt, dazu fehle es im Moment an Personal, hieß es, und auch Lorenzo solle in den kommenden Tagen auf sein Geklimper besser verzichten. Erst müsse man diesem Mediensturm trotzen, bevor Winterlicht wieder zu seinen vertrauten Tagesabläufen zurückkehren könne.

Meine Knochen waren ziemlich steif geworden, seit ich wie ein nasser Sack meine letzten Tage auf Erden im Sessel verbrachte. Doch jetzt hatte ich plötzlich keine Beschwerden. Die Ereignisse inspirierten mich, und trotz meiner früheren Absicht, mich unter keinen Umständen mehr zu rühren, schlurfte ich in unverdächtigem Schneckengang von meinem Bau aus zu einem Abenteuer, genauer, zu Zimmer 17, dem Reich von Lagerkommandant Alzheimer. Ich trat ohne Anklopfen ein und zog die Tür hinter mir zu. Leider ließ sie sich nicht abschließen.

Der Kommandant hatte gerade seinen Rollstuhl verlassen und stand mitten im Raum, mit seinen Beinkleidern kämpfend (er hatte beide Füße durchs selbe Loch stecken wollen, ein Klassiker).

Sich unaufhörlich an- und ausziehen, an, aus, an, aus, das ist das traurige, sisyphuseske Los derer, denen die Jahre ein Loch in den Geist gesprengt haben und die andauernd meinen, irgendwo hingehen zu müssen. Doch nur der 77er weiß noch, wohin.

Mit großen Augen schaute Alzheimer mich unschlüssig an, kratzte sich im Gesicht und schien zu überlegen, ob er wieder loskreischen sollte. Die Schwuchtel.

»Schreien hat keinen Sinn«, sagte ich. »Je lauter du brüllst, desto schlimmer wird es für dich. Halt also besser deine dreckige Klappe, das ist für alle das Beste.«

Mir schien, dass er den Inhalt meiner Worte begriff oder es ihm zumindest dämmerte. Er schwieg und erbebte.

»Schau mal da raus«, fuhr ich fort, »da aus dem Fenster! Siehst du die Pressemeute da draußen? Fünf Kamerateams, bewaffnet mit dem teuersten Schnickschnack …

Sieht nicht gut aus für dich, was, alter Junge?! Du bist aufgeflogen! Dein Geheimnis ist rausgekommen! In dieser Anstalt arbeitet ein Maulwurf, der hat dich verraten, haha. Die Journalisten da draußen haben einen anonymen Tipp bekommen. Sie wissen, dass du hier bist! Und dass Haus Winterlicht dein höchstpersönlicher kleiner Bunker ist! Kannst du dir das Tohuwabohu da draußen ein bisschen vorstellen? Der letzte noch lebende KZ-Kommandant aus dem Krieg ist aus seinem luxuriösen Versteck in Paraguay nach Europa zurückgekrochen, weil er in einem Anfall von Pathetik auf dem Boden seiner tausendjährigen Träume sterben wollte! Der Feigling, der sich davongemacht hat, als seine Kameraden an die Wand gestellt wurden – lieber hasenherzig geflohen als in Ehren gestorben, obwohl er ich weiß nicht wie viele Unschuldige in den Tod gejagt hat wie am Fließband –, nun, diese Memme, diese ehrlose Made, ist tatsächlich in seine auserwählten, morastigen Geburtsgründe zurückgekehrt. Jetzt, wo er alt und krank genug ist, nicht mehr vor dem Richter erscheinen zu müssen. Aber weißt du, mein Bester: Du *markierst* bloß, und die Welt weiß es! Bald nehmen sie dich hops! Siehst du schon die fetten Überschriften?«

Er lief jetzt Achten durchs Zimmer, hin und zurück. Sein Atem wurde unregelmäßiger, und ich merkte, dass ich den richtigen Ton getroffen hatte; jetzt nur nicht nachlassen, auch wenn das bei diesem aufgeschreckten Stück Wild notwendigerweise zu einem Herzinfarkt führen musste.

»Es ist doch immer dasselbe mit euch Verbrechern gegen die Menschlichkeit, nicht wahr: Sobald der Wind sich gedreht hat und ihr die Macht verliert, werdet ihr weinerlich. Dann seid ihr auf einmal zu krank und zu schwach und von zu zarter Konstitution, einen Prozess durchzustehen, und aus humanitären Gründen muss man darauf auch noch Rücksicht nehmen.«

Er griff sich an die Brust und röchelte.

Wie ich schon sagte, das war der richtige Ton. Jetzt hieß es weitermachen.

»Heut ist ein Festtag, ist dir das klar? Überall im Land bereitet man schon das Feuerwerk vor. Denn sobald das letzte miefige Säuseln durch deine verrottete Kehle entwischt ist, können wir das Kapitel mit deinem Scheißkrieg endlich schließen. Dann ist niemand von eurem Gesindel mehr übrig. Ja, ich weiß, ihr habt eure Kinder mit denselben gestörten Idealen vergiftet, von angeborener Überlegenheit, reiner Rasse und so, zu Ende ist der Kampf gegen das Ungeziefer halt nie. Aber die Generation, zu der du als Letzter gehörst, die schlimmste und abgrunddüsterste bisher, hoffentlich für immer, die ist bald endgültig ausradiert. Und das freut dann selbst Misanthropen.«

Ich ließ mich auf einen Stuhl fallen und überprüfte das Ergebnis meiner Bemühungen: Die Angst, die er in Tausenden von Augen gelesen und ganz ohne Zweifel auch genossen haben muss, diese Angst jagte nun endlich auch durch seinen verkommenen Geist.

Ein grandioses Gefühl, ich konnte es nicht leugnen.

»In drei Tagen hast du Geburtstag. Freu dich schon mal. Oder auch nicht, denn du musst dein Fest mit anderen teilen. Zum Beispiel mit mir. Das findest du bestimmt unter deiner Würde. Und jetzt, wo ich drüber nachdenke: Ich hab auch keine Lust, mit dir zusammen zu feiern… Soll ich dich im Nachttopf ertränken? Wär das nicht gerecht? Oder hast du eine originellere Idee? Was hast du mit den Gefangenen damals gemacht? Bestimmt hattest du ein paar unterhaltsame Foltermethoden auf Lager, die das Gedächtnis der Menschheit niemals beschweren werden, weil keine Seele mehr davon erzählen kann. Hast du keinen lustigen Einfall für mich? Dir mit der Gabel das Auge ausstechen, dass das Blut spritzt, *knüppelhageldick*? Und dich den Augapfel aufessen lassen?«

Sollte er doch einen Nervenzusammenbruch kriegen! Nur noch eine Frage von Minuten, und dieser sabbernde Idiot bekäme einen Herzkasper.

Aber vielleicht hörte ich jetzt doch besser auf. Es hatte ja nicht den geringsten Sinn, jemanden mit seinen Verbrechen zu konfrontieren oder Rache an einem zu üben, der nicht mal mehr seiner Hose Herr wurde. Ich hatte andere Normen und Werte, obwohl es mich in der Tat juckte, die für einen Moment zu vergessen.

Es gab jedoch noch einen Grund. Einen, den ich mir zunächst nicht eingestehen wollte. Doch seit ich kurz nach meiner Ankunft im Heim die Identität dieses berüchtigten Patienten erkannt hatte, hatte ich seine Anwesenheit als eine Art Rückversicherung betrachtet, um vielleicht irgendwann ehrenvoll, erhobenen Hauptes in mein normales Leben zurückkehren zu können. Gesetzt den Fall, ich sollte es in diesem Etablissement nicht mehr aushalten, weil Einsamkeit, Monotonie und Gefangenschaft mir zu schwer wurden, dann könnte ich den geflohenen Kriegsverbrecher immer noch kalt lächelnd anzeigen und Haus Winterlicht als Held verlassen. Meine Kinder und Freunde würden sich vielleicht schämen für das, was sie in meiner vermeintlichen geistigen Abwesenheit gesagt hatten, oder wegen der nie abgestatteten Besuche; vor allem aber würden sie mich für meinen Einsatz bewundern. Und meine Frau… nun ja, meine Frau… die hat Zähne, sie kann beißen!

Also, was soll's, es war in der Tat genug.

»Wir sehen uns noch«, verabschiedete ich mich von Lagerkommandant Alzheimer, doch wahrscheinlich hatte er das eine halbe Stunde darauf schon wieder vergessen.

Zweifellos seit Wochen schon leidet Moniek an Telefonangst. Jedes Läuten klingt ihr wie eine Totenglocke im Ohr. Schlechte Nachrichten kennen weder Anstand noch Uhrzeit, darum legt sie beim Schlafengehen ihr Handy immer in Reichweite – die letzte Schikane vielleicht, die ich ihr noch antun kann: mitten in der Nacht sterben. Allerdings vermute ich, dass nächtlich Verstorbene in Altersheimen ohnehin so gut wie nie auffallen. Erst die Frührunde wird das Verscheiden des Bewohners bemerken. Und gesetzt, man erfährt doch einmal, dass ein Patient so unfreundlich war, einfach zu sterben, während das Personal gerade mit Kleinstbesetzung arbeiten musste, wird man es geflissentlich übersehen, bis die Frühschicht vollständig eingetrudelt ist, um zu tun, was in Fällen wie diesen getan werden muss.

Voll Angst vor dem Gnadenstoß wird Moniek bei jedem Klingeln aufschrecken. Manchmal wird ihr Gefühl zu Langsamkeit raten und sie etwas verzögert zum Telefon schicken. Diese Zweifel. Werden Todesnachrichten auf einen Anrufbeantworter gesprochen, oder verstößt das gegen die Etikette? Sie geht von Letzterem aus und hört die entgangenen Anrufe dennoch nicht ab. Sie redet sich ein, dass man etwas definitiv wissen muss, bevor es Realität wird.

Doch unweigerlich wird sie in sehr naher Zukunft den Hörer abnehmen und bedauernd feststellen, dass nicht die Stimme eines Telefonmarketing-Mitarbeiters da so gedämpft zu ihr spricht, nicht die einer Frau mit einer Meinungsumfrage oder ein Depp, der schon zum zweiten Mal die falsche Nummer gewählt hat, sondern der warme Tenor des Pflegemanagers von Haus Winterlicht ihr behutsam eröffnet: »Frau van Diest, ich fürchte, ich habe eine schlechte Nachricht für Sie, eine, die Sie seit langem erwarten …«

»Hat er im Schlaf sterben dürfen?«, scheint mir dann die wahrscheinlichste Frage.

Der Trost dieses Wörtchens »dürfen« … Wir reden uns nur allzu gern ein, dass der Tote nicht weiß, dass er tot ist, wenn er über ein ausreichend gutes Timing verfügte und seinen letzten Atem zwischen zwei Träumen aushauchte. Irgendwo lebt er, jenseits der Zeiten, im Glauben, dass er gleich aufsteht, ordentlich pisst und in ein leckeres Butterbrot beißt, am liebsten unter Lektüre der Morgenzeitung. Das wäre schön.

Doch das wird mir leider nicht vergönnt sein. Im Schlaf zu sterben.

Ich stelle mir gern vor, wie Moniek in der Küche steht, beim Abwaschen, in ihrer rosa Schürze. Sie hört, dass sie soeben Witwe geworden ist, hipp, hipp, hurra, weil ihr Mann aus dem Fenster gestürzt ist, als er gerade die Vögel füttern wollte. Schnell sei es gegangen, das ist bei Stürzen nämlich immer der Fall, man könne mit Fug und Recht annehmen, ihr Gatte habe nicht zu sehr gelitten.

So könnte, dürfte, wird es wohl sein.

Dann stelle ich mir meine alten Boulekumpel vor, gebeugt über ihre Kugeln. Sie diskutieren lautstark deren Stellung zum Schweinchen, das Maßband muss über Sieg oder Niederlage entscheiden. Und plötzlich fällt Roland die Neuigkeit wieder ein, die er eigentlich gleich zu Anfang erzählen wollte, doch die ihm ob der Schönheit des Abends entfallen war, und beginnt, mitten in die hitzige Diskussion um die Millimeter hinein: »Hab ich euch schon erzählt …?«

Natürlich wollen die Kumpel hören, was er zu erzählen hat.

»Hab ich euch schon erzählt, wer jetzt wieder hin ist und für wen wir unsere schwarzen Regenmäntel aus dem Schrank holen dürfen? Désiré!«

Désiré, Désiré? Moment mal … welcher Désiré?

»Also, jetzt kommt, Désiré – Désiré Cordier! Jetzt erzählt mir nicht, ihr wisst nicht mehr, wer Désiré Cordier ist – oder besser gesagt, war. Nach all den Jahren, die er hier zusammen mit uns gespielt hat!«

Natürlich weiß jeder noch, wer Désiré ist. Oder war. Netter, ruhiger Kerl. Bibliothekar, verrückt auf alles Gedruckte. Und auf Musik; konnt aus dem Stegreif den Geburtstag von Beethoven nennen. Oder die Streichquartette von Schubert aufzählen. Ein Pfundskerl! Nur Boule gespielt hat er leider immer wie 'n Anfänger. Stand unterm Pantoffel seiner Frau. Wurde dann dement, es ging nicht mehr mit ihm, er hat in Läden geklaut und aufs Geratewohl irgendwelche Züge genommen. Blieb nichts anderes übrig, als ihn in ein Heim zu geben. Haus Winterlicht oder so ähnlich … Wo sie vor kurzem die Filmaufnahmen gemacht haben, für diese Serie … wie hieß die doch gleich? Ja – »Haus Winterlicht«, genau! Aber wie lang ist das inzwischen schon her, dass sie

Désiré da eingeliefert haben? Junge, Junge … Ehrlich gesagt, dachte man eigentlich, er wäre längst tot – oder zumindest einige dachten das. Aber sieh an, also erst jetzt. Traurig. Traurig.

»Er war grade erst vierundsiebzig geworden. Die Luftschlangen hingen gewissermaßen noch von der Decke.«

»Vierundsiebzig? So ein Pechvogel, das ist zum Sterben doch viel zu früh.«

Und alle stimmen zu. Vierundsiebzig – viel zu früh, in der Tat. Auf jeden Fall heutzutage. Bei all dem, was es an medizinischer Pflege und Pillen gibt und überhaupt, blablabla. Und der Rücken tut ihnen weh, weil sie immer noch über die komplexe Spielkonstellation gebeugt dastehen.

»Wie ich gehört hab, hat er sich's nicht einfach gemacht. Er ist aus dem Fenster gestürzt.«

»Nicht möglich?!«

»Gegessen hatte er schon seit Tagen nichts mehr. Er hat das Brot für die Vögel aufgehoben, um sie damit zu füttern. Zuerst hat er das immer im Garten gemacht, aber als er nicht mehr nach draußen gehen konnte, fing er an, die Krümel aus dem Fenster zu werfen. Und so muss er dann …«

»Schrecklich. Aber er war gleich hinüber, oder? Das hoff ich doch für ihn.«

»… Und was noch herzzerreißender ist: Ein paar Stunden bevor er mit seiner Schüssel Brotkrümel über den Styx schipperte, hat er mit Zahnpasta noch ein paar Worte auf seinen Waschbeckenspiegel geschrieben. Ganz sinnlose, unscheinbare Worte: ›Baum‹, ›Wurzel‹ und ›Lampe‹ – merkwürdig, nicht? Werd da mal einer draus schlau. Als wär er noch in der Grundschule und übte stolz die neuesten Buchstaben …«

»Eine Scheißkrankheit, diese Demenz …«

Und alle nicken: eine Scheißkrankheit. Aber damit ist es dann auch genug, und man muss dringend zum Leben zurückkehren. Die Diskussion um die Millimeter wird wiederaufgenommen. Einer wird die Partie gewinnen, ein anderer auf Revanche sinnen. Der Abend wird hereinbrechen, und sie werden sich voneinander verabschieden, doch nicht für lange. Ein paar Tage später werden sie sich wieder begegnen, am Tag der schwarzen Regenmäntel, und auf ihren kalten Stammbänken in der Kirche Platz nehmen. Und wenn sie dann in geweihtem Schweigen auf dem Friedhof beieinanderstehen, könnten sie bemerken, dass mein Leib um ein Haar – belangloses Detail – neben dem Rosa Rozendaals dem Boden anvertraut worden wäre, dem, was man gern irrtümlicherweise »die barmherzige Erde« nennt.

Die Originalausgabe erschien 2013 unter dem Titel
»De laatkomer« bei Atlas Contact, Amsterdam/Antwerpen.

Die Übersetzung des Buches wurde gefördert vom
Flämischen Literaturfonds (Vlaams Fonds voor de Letteren –
www.flemishliterature.be).

Flemish
Literature
Fund

MIX
Papier aus verantwortungsvollen Quellen
FSC® C014496

Verlagsgruppe Random House FSC® N001967

1. Auflage
Deutsche Erstausgabe
Genehmigte Taschenbuchausgabe März 2016
btb Verlag in der Verlagsgruppe Random House GmbH, München

Umschlaggestaltung: semper smile, München
nach einem Umschlagentwurf von buxdesign | München unter
Verwendung eines Motivs von © retrorocket/Getty Images
Druck und Einband: GGP Media GmbH, Pößneck
CP · Herstellung: sc
Printed in Germany
ISBN 978-3-442-71324-0

www.btb-verlag.de
www.facebook.com/btbverlag
Besuchen Sie auch unseren LiteraturBlog www.transatlantik.de!